Royal Kiss more

婚約破棄された没落令嬢

第二皇太子に下げ渡されましたが、蕩けるほどに溺愛されています

すずね凜

この物語はフィクションであり、実在の人物・団体・事件等とは、いっさい関係ありません。

婚約破棄された没落令嬢
第二皇太子に下げ渡されましたが、
蕩けるほどに溺愛されています

Royal Kiss more

序章

初秋の夜は、しんしんと更けていく。

堅牢なシュッツガルド皇城は、月明かりに映えてしらじらとその姿を浮かび上がらせている。

皇城の最上階の一角に、皇太子専用の寝室があった。

ソフィアは、立派な天蓋付きの大型ベッドの隅に浅く腰を下ろし、うつむきながら夫になる人が現れるのを待っていた。

長く艶やかなハニーブロンドの髪は侍女たちによって丁重に梳《くしけず》られ、隅々まで清拭《せいしき》された身体に透けるような絹の寝間着を羽織って、その姿は天使のように無垢で美しい。

しかし、ソフィアのエメラルド色の瞳は、不安で揺れている。

初めて男性と褥《しとね》を共にする処女としての怯えもあったが、なにより、相手が自分を受け入れてくれるのかを憂慮していた。

ソフィアは本来は、次期皇帝になる第一皇太子ニクラスの婚約者だったのだ。

それが、突然一方的にニクラスから婚約破棄を言い渡された。

立場を失ったソフィアは、下げ渡されるように第二皇太子セガールの結婚相手にさせられた。

セガールは一見快くこの婚姻を受け入れたように見えるが、本当は意にそぐわないことだったかもしれない。

セガールには、意中の女性がいるという。

それが、よんどころない事情で払い下げの令嬢を押し付けられて、ソフィアのことを内心快く思っていないかもしれない。

その気持ちは、ソフィアにも理解できる。

自分にも、淡いけれど心を寄せていた人がいた。

それが、突然の運命のいたずらで、二人は夫婦になることになった。

こんな気持ちのままで、果たして夫となる人とうまくやっていけるのだろうか。

千々に乱れる思いで、ときの経つのを忘れていた。

静かに寝室の扉が開く。

かすかな衣擦《きぬず》れの音を響かせて、密やかな足音が近づいて来た。

「待たせたね」

低く聞き心地のよいバリトンの声に、ソフィアはハッと我に返った。

「――い、いいえ」

顔を上げると目の前に、すらりと長身の青年が佇《たたず》んでこちらを見下ろしている。

短めの黒髪、知的な額、鋭い青い目、高い鼻梁《びりょう》、男らしく鋭角的な面立ちは、少し冷たいと思えるほど整っている。

鍛え上げられた肉体を、踝《くるぶし》まで届くゆったりとした白い寝間着に包み、異国の王様のような雰囲気だ。こんな状況でなければ、うっとりと見惚《みと》れてしまうほど美麗だ。

だが、彼の長い腕が差し伸べられ、しなやかな指先が頬に触れてくると、びくりと身が竦《すく》んでしまう。

さらに緊張が高まり、心臓がバクバクいう。

ソフィアは思わず目を逸《そ》らしてしまう。

頬に添えた指先はそのままに、セガールが滑らかな口調で言う。

「私が、怖いか？」

「はい……」

ソフィアは素直にうなずいた。

「そうだな、初めてだからな――当然だろう」

頭上で、セガールが小さくため息をついた気がする。

それから彼は、ゆっくりと跪《ひざまず》き、目線をソフィアに合わせてきた。

「顔を上げて、ソフィア」

命令されたような気がしておずおずと顔を上げると、目の前に端整なセガールの顔があり、彼の息遣いが感じられ、緊張はさらに高まってしまう。

でも、武人としても名高い彼の射るような青い目に、視線が捕らえられてしまったように動かせない。野性味を帯びた美貌は、威圧的ですらある。

「今宵、私たちは結ばれて、夫婦になる。あなたには、もしかしたら意にそぐわぬ婚姻かもしれない」

率直に言われ、胸がちくんと痛んだ。

セガールは聞いているだけで背中が震えるような艶めいた声で、続ける。

「だが、これが運命ならば、受け入れてほしい。神の前で誓ったように、妻となるあなたに、私は生涯の誠実と寛容を貫こう」

真摯な声色に、別の意味で心臓がドキドキし始めた。

ソフィアはごくりと生唾を飲み込み、小声で切り出す。

「こんな私でも、よろしいのですか？」

すると、セガールはかすかに口元を引き上げた。

「もちろんだ」

笑みを浮かべると、端麗すぎて近寄りがたい顔が、少しだけ柔らかくなる。

ソフィアはほっと息を吐く。

「ソフィア」

名前を呼ばれると、全身がかあっと熱くなった。

頬に添えられていた指が、そろりと顎に下りて来て、上向かされた。

「あ……」

ゆっくりとセガールの顔が寄せられてくる。

思わず目を瞑《つむ》ると、唇に柔らかな感触があった。それはそのまま、撫《な》でるように二度三度と、ソフィアの口唇を撫で回した。

セガールの顔がわずかに離れ、彼は酩酊《めいてい》したような声を出す。

「あなたの唇は、いつも柔らかく甘い——飽くことがない」

それはソフィアも同じ思いだ。

彼からの口づけは甘美で官能的だ。

再び唇が重なる。

今度は最初より強く唇が押し当てられ、その勢いで上唇がまくれ上がった。

ぬるっ、とそこを濡れたものが撫でた。

「つ……」

セガールの熱い舌が、舐めてきたのだ。

「ん……っ、ん」

息苦しさとこれから起こるであろう行為への不安に、思わず顔が逃げようとしてしまう。

すると、男らしい大きな手がやにわに後頭部に回され、頭をがっちり固定してしまう。

「逃げないで」

そのままセガールは、喰らいつくような口づけを仕掛けてくる。

濡れた舌先が強引に唇を割り開き、侵入してきた。唇の裏を舐められ、歯列を辿《たど》り、肉厚な男の舌は、口腔を乱暴に掻《か》き回してくる。

「ん、く……」

いつもよりさらに激しい口づけに、ソフィアは身体を強張らせ、息を詰めてしまう。

セガールの舌は、怯えて縮こまっていたソフィアの舌を探り当て、搦《から》め捕ってきた。

ちゅうっと音を立てて強く吸い上げられる。

「んんっ」

その瞬間、背中に未知の甘い痺《しび》れが走り、ソフィアは目の前がクラクラした。四肢から力が抜けていく。

「やぁ……ふ、んんぅ、んっ」

猥《みだ》りがましい感覚にあっという間に溺れそうになり、力の入らない両手でセガールのたくましい胸板を押し返そうとしたが、無論ビクともしない。

逆にセガールはもう片方の手をソフィアの背中に回し、さらに強く引き寄せてきた。

そして、思うさまにソフィアの舌を味わい尽くす。

「んぅ、う、ふぁ、ん、んぅう……」

舌の付け根まで強く吸い上げられ、くちゅくちゅと淫らな音を立てて口腔を掻き回されると、初めて知る官能の悦びに、恥ずかしい鼻声が漏れてしまう。

「んやぁ……は、や……」

抗議の言葉すら呑み込まれ、繰り返し舌を吸われては溢れる唾液を啜《すす》り上げられる。

全身の血が熱くなり、恥ずかしいのに得もいわれぬ心地よさに、抵抗できない。

「……ん、んぅ、は……ふぁ……」

セガールの思うままに口腔内を蹂躙され、顔が火照って意識が遠のいていく。ぞくぞくした冷たいような熱いような痺れが、繰り返し下腹部へ下りていき、なんとも表現しがたいざわつきが身体の芯に生まれてくるような気がした。

耳の奥でドクドクと自分の心臓の鼓動がうるさいくらい響く。

永遠に続くかと思うほどの、長い長い口づけだった。

終《しま》いには、ソフィアはセガールにぐったりと身をもたせかけ、されるがままになっていた。

ようよう唇が解放されたときには、ソフィアは四肢にまったく力が入らなくなっていた。

「――はあっ……は、はぁ……」

忙《せわ》しない呼吸を繰り返し、酩酊した表情でセガールを見上げる。

彼はソフィアの身体をぎゅっと抱きしめ、火照《ほて》った額や頬に唇を押し付けながら、密やかな声でささやく。

「ソフィア、あなたはなんて無垢で、可愛らしいのだろう。いとけなくて、脆《もろ》そうで、ずっと守ってあげたくなる」

こんなふうに異性に褒められたことなどないソフィアは、心臓が飛び出しそうなほどドキドキが高まってしまう。

セガールはおもむろに、熱く蕩《とろ》けたソフィアの身体を軽々と横抱きにした。

「あ……」

不意に身体が宙に浮く感覚に驚き、ソフィアは思わず両手でセガールの首にしがみついてしまう。自然と彼の耳元に顔が埋まってしまい、男らしい汗の香りと、どこか懐かしい柑橘系のオーデコロンの匂いが混じったものが鼻腔いっぱいに広がり、強い酒を飲んだみたいに頭が酩酊していく。

セガールはそのままベッドに上り、シーツの上にふわりとソフィアを仰向けに横たわらせる。

彼は両手をソフィアの左右につき、覆いかぶさるようにして、ソフィアを見下ろしてくる。

寝室のかすかな灯りの逆光に、セガールの表情がよく見えない。

ただ、その青い目は野生の獣のような危険な光を宿していた。

これから起こる未知の行為に、恐怖といくばくかの興奮で脈動が速まる。

「ソフィア……ソフィア」

セガールが繰り返し名前を呼び、ゆっくりと身体を重ねてきた。

「あ、あ、セガール殿下……」

ずっしりした男の身体の重みの感触に、ソフィアはぶるっと震える。

セガールの唇が、耳朶《じだ》や頬を這い回り、唇を探す。

ソフィアは思わず目をぎゅっと瞑り、身を固くする。

彼女の怯えを感じたらしいセガールが、耳孔に少し乱れた息とともに声を吹き込んでくる。

「ソフィア、ソフィア、優しくするから」

あやすように声をかけながら、セガールの手がソフィアの前開きの寝間着のリボンをしゅるしゅると解《ほど》いていく。

素肌が露《あら》わになり、ソフィアの緊張はいやが上にも高まってしまう。

肌の上を、そろりとセガールの手が這う。

ぞくん、と下腹部の奥が慄き、身体中の神経が彼の動きを追ってしまう。

横腹に沿って、セガールの手が上って来て、まろやかな乳房を包み込む。

擽《くすぐ》ったいような甘い感覚に、恥ずかしい声が漏れてしまう。性的興奮が全身を包み始め、ソフィアはなにも考えられなくなった。

「あ、ん……」

「ソフィア、ソフィア——もう、離さない」

セガールのくるおしげな声も、もはやソフィアの耳には届かなかった。

第一章　皇太子殿下の許嫁になりました

シュッツガルド帝国は、大陸最大の領土を持ち、経済的にも文化的にも抜きん出て進んでいる。代々、賢明な皇帝の支配の下、国は栄え国民たちは平和に暮らしていた。

現在の皇帝シュッツガルド四世は、聡明で温厚な人物で、有能な臣下たちにも恵まれ、国家の政治は安定したものであった。だが最近、現皇帝は心臓の病を得て伏せがちで、実質の政事は第一皇太子ニクラスと第二皇太子セガールに任されていた。


皇都の片隅に位置するクラウスナー公爵家の屋敷の前に、金ピカの自家用馬車が止まり、中から数名のお付きの侍女たちに手を取られて、豪華なドレスに身を包んだ妙齢の淑女が下り立った。

玄関前で、侍女がノッカーを叩く。

「まあ、よくいらしてくれたわ、ヴェロニカさん」

扉を開けたのは、今年十七歳になるクラウスナー公爵家の一人娘ソフィアだ。

ほっそりと背の高い彼女の色白でエメラルド色の瞳の化粧気のない顔はお人形のように整っていた。だが、着ているドレスは古臭いデザインで何度も洗濯をしたせいで色は薄れ、あちこち繕ったあともある。豊かな金髪は無造作にうなじで束ねられ、装飾品はなに一つ身に付けていない。

「ごきげんよう、ソフィアさん。お久しぶりですわ」

一方で、ヴェロニカと呼ばれた同い年くらいの令嬢は、肉感的な体型で、赤金色の髪を手の込んだ複雑なスタイルに結い上げ、髪飾りからイヤリング、ネックレスに至るまで大粒のルビーで揃《そろ》えている。グラマラスなスタイルを強調するように豊かな胸元をコルセットで寄せ上げて、念入りに施した化粧は、その若さでは少しけばけばしいほどだ。

「来てくださって嬉《うれ》しいわ。さあ、入って」

ソフィアは戸口から一歩下がり、ヴェロニカを招き入れる。

一歩中に踏み出したヴェロニカは、ちらりと床を見て眉を顰《ひそ》め、足を止めてしまう。

「あらいやだ、床が塵《ちり》だらけ。下ろしたての靴が汚れてしまうわ」

ソフィアは頬を赤らめた。

「ごめんなさい。掃除が行き届かなくて――」

床だけではなく、古めかしい屋敷の中はあちこち壁紙が剥がれ、窓ガラスは曇り、カーテンは日に焼けて色褪《あ》せ、家具には埃《ほこり》が溜まっている。

現在のクラウスナー公爵家の使用人は、古参で足の悪い侍女と高齢の庭師だけだ。

手入れが行き届かないのはわかっていたが、ソフィア一人では手が回らない。

「あの、応接室は綺麗《きれい》にしてあるから、どうぞ」

遠慮がちに言うと、ヴェロニカは仕方ないといったふうにため息をつき、従えている侍女たちに合図して、自分のスカートの裾を捌《さば》かせ、爪先立ちで入ってきた。

応接室の年代物のソファをヴェロニカに勧めると、彼女はスカートが汚れると言わんばかりに、浅く腰を下ろす。ソフィアは気を取り直すように声をかけた。

「今お茶を淹れましょうね。私が昨晩焼いた、クッキーもあるのよ」

するとヴェロニカは鷹揚に手を振った。

「ああよろしくてよ、私、午後からオペラ座で観劇の予定がありますの。その後は、大通りに新しくできたカフェでお茶をするから、すぐに帰るわ」

「そ、そう……それなら仕方ないわね」

出鼻をくじかれ、ソフィアはヴェロニカの向かいのソファに腰を下ろした。

すぐにお付きの侍女たちが、手に抱えていた大きなバスケットを、テーブルの上に並べ出す。

「ええと――これはうちの屋敷の余り物の食材。こっちが、私が着なくなったお洋服。これが履き古した靴と、洗濯倉庫に残っていたシーツ。それとこちらが、父上から預かったものよ。生活費の足しになさってね」

ヴェロニカは、最後に手提げ袋から封筒包みを取り出し、テーブルに置いた。

「いつも本当に感謝してるわ。伯父上様にくれぐれもよろしくお伝えくださいね」

ソフィアは平身低頭して受け取る。

ヴェロニカはそんなソフィアの様子を、見下したように眺めている。

「本当に、ソフィアさんはお気の毒よねえ。お父上は詐欺にあって、莫大な借金だけを残して亡くなられるし、お母上は寝たきりのご病気だし。使用人はほとんど辞めてしまわれて、ソフィアさんは侍女みたいに一日中働いて。ああ本当に可哀想——あ、ねぇこのマニキュア、どうかしら？　最新流行のカラーなのよ」

ヴェロニカがこれ見よがしに、手入れの行き届いた両手をかざし、長い爪を見せた。

「まあ、素敵な色ね、よくお似合いだわ」

ソフィアはことさら明るい声を出し、爪を短く切り揃えた両手を、そっとテーブルの下に隠した。

「それじゃあ、またそのうちお伺いしますわね」

ヴェロニカはそそくさと立ち上がると、侍女たちを引き連れて屋敷を辞去していった。

戸口で彼女を見送ったソフィアは、軽くため息をつく。

ヴェロニカの言う通りなのだ。

父であるクラウスナー公爵は、生前、友人に頼まれて親切心から、借金の保証人を引き受けた。だが、その友人はそのまま雲隠れしてしまい、父が多額の借財を背負う羽目になったのである。不幸なことに、父は失意のうちに早々に病死してしまった。

残された病弱な母と幼いソフィアは、領地や屋敷の調度品などを売り払って、借金を返したが、財産は底を突いてしまった。かつては大勢いた使用人たちはほとんど屋敷を去り、忠義な老いた侍女と庭師のみが留まってくれたのだった。

ソフィアは家事や母の看病をしながら、爪に火を灯すような生活を強《し》いられている。

時々、遠縁の伯父が救援物資といくばくかの現金を送ってくれる。今日のように、娘のヴェロニカがそれらを持参することが多い。

だが、彼女の親切心からではない。

まだ父が健在で、クラウスナー公爵家がそれなりの生活をしていた頃は、ソフィアも公爵令嬢として何不自由なく暮らしていた。

幼い頃から天使のような愛らしく美しい容姿と、優しい心根を持つソフィアは、本人が望まなくても、親族の集まりなどでは皆の賛美と注目の的だった。同い年のヴェロニカは、それをずっと妬ましく僻《ひが》んでいたらしい。

今や、落ちぶれた公爵令嬢になってしまったソフィアのことを、ヴェロニカは見下し嘲り、自尊心を満足させたくて、やってくるのだ。

わかっていたが、窮状を救ってくれることはありがたい。

ヴェロニカの棘《とげ》のある態度や言葉に傷つきつつも、ソフィアはじっと耐えるしかないのだ。

ソフィアは応接間に引き返し、ヴェロニカからの大量の差し入れ物を片付けていた。と、奥の部屋でチリチリとベルの鳴る音がした。

急いで奥の部屋に出向く。

その部屋の扉は、いつでも呼び出しベルの音が聞こえるように半開きになっている。

「お呼びになりましたか、お母様」

窓際のベッドに横たわっていた母が、わずかに顔を起こした。今日は少し顔色がいいようだ。

「ああソフィア、水を飲みたいの」

細い声で言われ、ソフィアはベッドに近づいた。

ベッドの脇の小卓から水差しを取り、コップに注いだ。痩せた母の上半身をそっと抱き起こし、背中に枕を二つ入れて支え、コップを口元へ寄せる。

こくこくと喉を鳴らして水を飲んだ母は、ほっと息を継いだ。

「ありがとうね」

「いいえ」

「先ほど、若い女性の声がしたわ――チェルハ家のご令嬢がおいでになったのね」

「ええ、たくさんお見舞いの品をいただきましたわ。お母様の好物のオレンジもありましたから、後で剥《む》いてきましょうね」

明るく答えるソフィアに、母は涙ぐんで顔をうつむけた。

「私がこんな状態だから、お前には苦労ばかりかけてしまって、ごめんなさいね。同い年くらいのご令嬢に、施しを受けるのは辛いでしょう。一日中、家のことばかりさせて、若い娘らしいことをなに一つさせてやれず……」

ソフィアは嗚咽《おえつ》を堪《こら》える母の背中を、あやすように撫でさする。

「なにをおっしゃるの。早く病気を治して、元気になることだけを考えてください。私は平気ですから」

母を再び横にならせ、毛布をきちんと掛けてやる。

「お眠りになるまで、母上のお気に入りの古い恋歌でも一曲歌いましょうか？」

母は落ち窪《くぼ》んだ目を輝かせた。

「ああ嬉しい。お前の歌は天使の歌声のようだものね」

ソフィアはベッドの端に腰を下ろし、澄んだ声で歌い出す。

『不思議だわ　こんな気持ち
初めてなの　これが恋なの？　私にはわからないの

だって私は初心《うぶ》なのですもの』

「お前は本当にいい声をしているわ。お前は幼くてあまり覚えていないだろうけれど、その昔、皇帝陛下の御前で歌を披露してたいそう褒められたこともあったのよ——あの頃はお父様も健在で、幸せだったわ——」

母は懐かしそうな表情で目を閉じ、ソフィアの歌声に聞き惚れていた。

と、突然母が、なにかに気がついたように目を開いた。

「そういえば、今日は月の最後の水曜日ね。ソフィア、いつもの方からお手紙が届いているのではないかしら」

ソフィアはぱっと顔を明るくした。

「ああそうでした、うっかりしていたわ！　ちょっと郵便受けを見てきます」

足取りが急に軽くなった。

玄関前の階段を下り、郵便受けの蓋を開く。ソフィアの目に、白い封筒が飛び込んだ。

「来ている！」

急いで取り出し、その場で開封する。折りたたまれた便箋を開くと、ふわりと、かすかな柑橘系のオーデコロンの香りがした。

そこには力強い筆記体で、

『今月分をお送りします。あなたの献身的な姿を、いつもどこかで見守っています。どうぞ笑

『篤志家《とくしか》より』

顔を忘れずに。優しいあなたの幸せを祈っています。

と記されており、一枚の小切手が同封されている。

「ありがとうございます、篤志家様」

ソフィアは便箋に顔を埋《うず》め、移り香を胸いっぱいに吸い込んだ。

あれは、ソフィアの父が亡くなり、母が病に倒れた頃だ。

「篤志家」と名乗る人から、毎月末の水曜日に、手紙と小切手が届くようになったのは。

世間では、裕福な貴族が社会奉仕活動として、恵まれない人々を支援することが地位の箔づけになっていた。

きっとこの匿名の篤志家も、どこかでクラウスナー公爵家が困窮していることを聞きつけ、力添えをしようとでも思ったのだろう。

小切手には金額が記されておらず、こちらが好きな数字を書き込めるようになっていて、その寛大さにも驚かされた。

だがソフィアはいつも、高価な母親の治療代と薬代の金額のみを記入していた。

きっとかなり裕福であろう篤志家の親切心に付け込むような浅ましいまねは、落ちぶれたとはいえ、公爵家の娘としての矜持《きょうじ》が許さなかったのだ。

小切手はもちろんだが、欠かさず添えられる短い手紙が、なによりソフィアの心を元気付けた。

さりげなく励まし気持ちを引き立たせてくれる文面は、孤立無援なソフィアの胸に染みた。

筆圧の高い大ぶりな文字から、きっと男性だろうと推測する。

便箋に残る芳しいオーデコロンも心震わせる。

お洒落《しゃれ》で素敵な紳士に違いないと思うと、なぜか胸の鼓動が速まってしまう。

ソフィアはいつしか恋文でも待ち焦がれるような気持ちで、篤志家からの手紙を心待ちにしていたのだ。


そんなソフィアの運命が急転したのは、翌月のことだ。

いつものように、庭師が栽培している野菜を取りに裏庭に行こうと、玄関を出たときである。

軽やかな蹄《ひづめ》の音を響かせて、一台の立派なしつらえの馬車が屋敷の前に到着した。

「どなたかしら？」

ヴェロニカ以外にめったに来訪者などないので、ソフィアは玄関先で立ち止まって首を傾ける。

よく見ると、馬車の側面に剣を持った獅子の模様が取り付けられていた。

それは、シュッツガルド皇帝家の紋章である。

「えっ？　皇帝家？」

目を丸くしていると、馬車から立派なお仕着せの従者が下り立った。その従者は、恭しく階段の下で頭を下げ、声を張り上げる。

「失礼ながら、クラウスナー公爵家のご令嬢、ソフィア殿であられますか？」

ソフィアはドギマギしながら答える。

「は、はい。そうですが……」

従者はさっと顔を上げると、懐から一通の書面を取り出し、ソフィアの方に見えるように掲げた。

「皇帝陛下よりのお達しであります。明日の午前中に、ご令嬢に登城されたし、とのことであります」

ソフィアはぽかんとする。

「え？　私が、お城へ？　あの……陛下は、私になんのご用がおありなのですか？」

身に覚えのないソフィアは狼狽《うろた》えた。

従者は懐からもう一通、封筒を取り出し、両手で掲げて差し出す。

「これをお読みください。陛下のご意向が記されております」

ソフィアはおずおずと階段を下り、その封筒を受け取った。いかにも高級そうな封筒には、皇帝家の紋章入りの封蝋が押されてあった。

「それでは、確かにお渡ししました。明日十時きっかりに、皇帝家からのお迎えの馬車を差し向けます。お支度をしてお待ちください。では失礼いたします」

用件を伝え終えた従者は、てきぱきした態度で再び馬車に乗り込んだ。

「あっ、ちょっと待ってください。いったいどういう……」

呼び止めようとする前に、馬車は走り去ってしまう。

「――」

なにが起こったのか、まだ理解がいかない。

夢でも見たかと思ったが、手には皇帝陛下からの封書がしっかりと握られている。

ソフィアは慌てて踵《きびす》を返し、屋敷に入って自分の部屋に飛び込んだ。

胸をドキドキさせながら、封筒を開く。

透かし模様の入った高価な紙の書面が入っていた。

『この度、皇帝シュッツガルド四世は、貴女を第一皇太子ニクラス・シュッツガルドの許嫁《いいなずけ》候補として、推挙する。ついては、明日の午前十一時に、この書面を持参し、シュッツガルド皇城に登城願う。そこで第一皇太子と顔合わせを執り行う。以下――』

声を出して読んでいるうちに、ソフィアは書面を持つ手が震えてきた。

「貴女を第一皇太子ニクラス・シュッツガルドの許嫁候補……？」

文面が頭になかなか入ってこない。

「私が……？　第一皇太子殿下の許嫁？」

それは、自分が未来の皇妃になるかもしれないということだ。

「そ、そんな……嘘……私なんかが……？」

あまりの衝撃に、目の前がクラクラして気を失いそうだ。

ずっと停滞していたソフィアの人生が、大きく軋《きし》みながら動き始めた瞬間だった。


「まあ！　なんて光栄なお話ではないの、ソフィア！」

皇帝からの書面を見せると、母は手放しで喜んだ。

「でも……突然、どうして？」

納得がいかないソフィアに、母は切り出した。

「侍女のメアリが街の噂で聞いて来た話だけれど、現皇帝陛下はここのところ体調がすぐれないということで、皇太子殿下に皇位を譲りたいご意向らしいの。だから、陛下はまず皇太子殿下の身を固めてから、譲位されたいのではないのかしらね」

それは理解できるが、なぜ自分なのだろう。

その気持ちを察したように、母が言う。

「ソフィア、落ちぶれたとはいえ、我がクラウスナー公爵家は名門の家柄なのよ。まだお父様がご健在の頃は、皇城に招かれたこともあるわ。財産こそないけれど、皇太子殿下の妻となるのに、我が家はなんの遜色もないわ」

「でも、他にも名門の公爵家はいくらでもあられるでしょう？」

母は考え込むように首を傾けた。

「そうね、皇帝家にふさわしい家柄の公爵家は、うちを含めてオーバニ家、ベック家、フリーレン家、ノルマン家と五つあるけれど——今、年頃の娘がいるのは、もしかしたら我が家だけかもしれないわ」

「そうなのですか？」

「そうね——確か先だってベック家のご令嬢がご結婚なさったから、あとは既婚者か幼い娘さんばかりで、適齢期の娘は我が家だけだわね。皇帝家には、皇太子殿下のご結婚を急ぎたい理由があるのでしょう」

「それで、私に？」

寝たきりの母は、噂とおしゃべり好きな年老いた侍女のメアリと、体調のよいときは日がな一日世間話をしている。家のことで忙しいソフィアより、世の中のことを知っているのだ。

「そのようね。ねえ、ソフィア、だとしたら千載一遇の機会かもしれないわ。皇太子殿下のお嫁さんになれるなんて、とんでもない幸運ではないの」

入れ込んでいる母とは裏腹に、ソフィアの気持ちはそれほど高揚しなかった。

なぜだろう。

未婚の娘なら、将来皇妃になれるなんて夢のようだろう。ましてや、貧窮した家のことで手いっぱいのソフィアは、社交界デビューもできないままで、異性との出会いなど今までもこれからも皆無だ。結婚するなど、およそ実現しない望みだった。

ソフィアの頭の中に「篤志家様」のことが浮かんでくる。

その人のことを思うと、胸の奥がじんわり温かくなり、泣きたいようなせつないような甘酸っぱい気持ちになる。

でも、皇太子殿下との結婚話にはそんな感情が湧いてこないのだ。

押し黙って考え込んでいるソフィアに、母は気遣うように言った。

「ああごめんなさい、ソフィア。一人ではしゃいでしまって。もちろん、あなたの気持ちが一番大事だわ。もし気が進まないのなら、お断りしても構わないのよ」

思いやりに満ちた母の言葉に、ソフィアはホッとした。

「わかったわ、お母様」

母が柔らかく微笑んだ。

と、その直後、母は苦痛に顔を歪め、うつ伏せにベッドに倒れ込んでしまったのだ。

「ううっ――」

「お母様!?」

ソフィアは母の背中を抱いて、大声でメアリを呼んだ。

「メアリ、メアリ、急いでかかりつけのお医者様を呼んできて!」

「かしこまりました」

騒ぎに驚いて駆けつけたメアリは、母の容体を見るなり、すぐさま外へ飛び出して行った。

「お母様、お母様、しっかりしてください！　すぐにお医者様が参ります！」

抱えている母の身体が、みるみる冷えていく。

ソフィアは必死に声をかけ続けた。


母の寝室の外で、ソフィアは悄然《しょうぜん》と立ち尽くしていた。

医者が診察に入ってから、もう一時間も経つ。

母は時々発作を起こすことはあったが、今日のような大きなものは初めてで、心配で胸が押しつぶされそうだ。

やっと扉が開き、難しい顔をして医者が看護婦と共に出てきた。ソフィアはしがみつかんばかりに医者に迫った。

「先生、母は？　母は大丈夫ですか？」

白い髭の老齢な医者は、うなずいた。

「大丈夫です。今は薬で落ち着いて眠っています」

「ああ……よかった……」

ソフィアは安堵して、その場にへなへなと頽《くずお》れそうになる。

しかし医者の表情は険しいままだった。

「ですが、心臓がだいぶ弱っておられる。次に発作が来たら、命の保証はしかねます」

ソフィアは全身から血の気が引くような気がした。

「そ、そんな……！　治療法は？　お薬かなにか、ないのですか？」

医者は首を振る。

「薬では、もう抑えられません。手術が必要です」

「手術……？」

「難しい手術です。おそらく手術できるのは、この国の心臓病の権威である、皇帝家専属のパルム医師だけかと思われます」

「こ、皇帝家専属──一般人ではそのお医者様にかかるのは、無理ではないですか？」

「よほどのつてがあれば、ですが。それでも、とてつもなく高額な手術代がかかりますし──不可能に近いかと」

医者は諦めた表情だ。

ソフィアは、足元ががらがらと崩れていくような絶望を感じた。


──その晩。

こんこんと眠る母の枕辺で、ソフィアは夜明けまでまんじりともせずにすごしていた。

青ざめた母の顔を見ているだけで、胸が悲しみに締め付けられる。父が死んでから、二人で必死でクラウスナー家の困窮を乗り越えてきた。病弱な母だが気持ちは前向きで明るく、いつもソフィアを励まし、力づけてくれた。その母になにかあったら、ソフィアも生きてはいられない。

「皇帝家専属の医師……」

ぽつりとつぶやく。

ソフィアは息を深く吐くと、そっと寝室を抜け出た。

台所で、メアリがテーブルに頬づえをついてうたた寝している。

ソフィアは、そっとメアリを揺さぶり起こす。

「メアリ、メアリ、起きて。私の支度を手伝ってちょうだい」

老婆はハッと目覚め、きょとんとした顔をする。

「お支度、ですか？」

ソフィアはこくんとうなずいた。

「ええ。明日の十時に、皇帝家からお迎えが来ます。一番いいドレスを選んで、髪も結ってお化粧もしてちょうだい」

メアリは事態が飲み込めない様子だが、気働きのできる彼女は、なにも聞き返さず、すぐに立ち上がった。

「かしこまりました。お嬢様はまずは、湯浴みなさってください。お湯を沸かしてきます」

メアリが厨房へ姿を消すと、ソフィアはもう一度深呼吸した。

「篤志家様、どうかお許しくださいね」

口の中でつぶやく。

心は決まっていた。

皇太子殿下のお嫁さんになろう。

それで母の命も救えるし、クラウスナー家の困窮も解決できる。

自分の気持ちなど、二の次三の次だ。

もとより、最高の縁談なのだ。断る理由などなかったのだから——。

きっと「篤志家様」だって、ソフィアの婚姻を祝ってくださるに違いない。あの寛大な紳士は、いつだってソフィアの幸せを祈ってくれていたもの。

「幸せ……」

口の中でそっとつぶやいてみたが、実感が少しも湧かなかった。

ソフィアは早朝から、メアリとてんてこまいで身支度をした。

困窮しているクラウスナー家なので、最新流行のドレスや身を飾る装飾品など皆無だ。

ソフィアは、母が若い頃に着ていたドレスの中で、一番状態のよさそうなドレスを選んだ。

綻んだレースや取れたボタンなどは、メアリが手直ししてくれた。

そのドレスに身を包み、髪を結い上げてもらう。老齢なメアリの手にかかったので、少しばかり古風な髪型になってしまったが、それはそれで風情があるということで納得するしかない。

母の化粧箱を借りて、薄化粧もしてもらった。

「まあお嬢様！　見違えるように素敵な淑女になられましたよ」

メアリは手を打って賞賛する。

ソフィアは姿見の中の自分を見つめ、先日訪問してきたヴェロニカの華やかな姿を思い出していた。

清楚といえば聞こえはいいが、あまりに地味な気がした。

こんな様子で、果たして皇太子殿下が気に入ってくださるだろうか。

支度を終え、そっと母の寝室を覗いた。

母は目を覚ましていて、寝たまま顔をこちらに振り向ける。青白い顔に、かすかに赤みがさした。

「まあソフィア、なんて素敵なの。どこのお姫様かと思ったわ」

母の優しい言葉に、涙が出そうになる。

「ありがとう、お母様。私、お城に行ってきます」

ベッドの側に近づき、身を屈《かが》めて母に挨拶の口づけをしようとした。すると母が、枕の下に手を差し入れ、小さな箱を取り出す。

「ソフィア、これを付けて行きなさい」

差し出された箱を開けると、中に、小粒だが綺麗に光るダイアモンドのネックレスが入っていた。

「お父様に婚約のときにいただいたものなの。どんなに生活が苦しくても、これだけは手放せずにいたのよ」

「ありがとう、お母様。どうかしら？」

ネックレスを付けて見せると、母はニッコリ微笑んだ。

「よく似合うわ。お前の可憐さが一層引き立って。これなら、どんな殿方でも心惹かれてしまうことでしょう」

その言葉に背中を押されるようにして、ソフィアは玄関ホールで皇帝家からの迎えの馬車を待った。

時間ぴったりに、玄関前に馬車が横付けされる音がした。

扉がノックされ、響きのよいバリトンの声がした。

「ソフィア・クラウスナーご令嬢、お迎えに上がりました」

メアリが扉を開くと、そこに直立不動の青年騎士が立っていた。

驚くほど長身で手足がすらりと長く、青い騎兵服がぴったりと似合っている。艶やかな黒髪、鋭い青い目、男らしい鋭角的な美貌、きりりと引き締まった口元。さすが、皇帝家に使える騎士は群を抜いていると、ソフィアは惚れ惚れと見てしまう。

騎士はぴしりと踵《かかと》を合わせ、さっと敬礼した。

「私は第二皇太子セガール・シュッツガルドである」

ソフィアは目をぱちぱちさせた。

「え——第二皇太子……って……」

シュッツガルドでは帝位継承第一位を第一皇太子、帝位継承第二位を第二皇太子と呼ばれていた。

よもや、皇帝家の人間が迎えにくるとは思ってもいなかったので、声を失う。

セガールは敬礼を解くと、当たり前のような口調で言う。

「私は皇帝家付きの騎馬兵団の大団長を務めている。大事な方の送迎の同伴は、私の隊が護衛をする習わしだ。それにしても——」

セガールは、不躾《ぶしつけ》な眼差しをソフィアに投げてくる。

やはり地味な身なりが気になるのだろう。

彼の人の胸の中まで見透かしそうな鋭い視線に晒《さら》されると、なぜだか心臓が震えて身体が熱くなるような不可思議な感覚に襲われた。思わず頬を赤らめて、うつむいてしまう。

しばらくこちらを凝視していたセガールは、ふいに目線を外し、堅苦しい感じで片手を差し出した。

「では、城へご案内する」

武人らしい大きくて無骨な手だ。皇族の人は身の回りのことはすべて侍従に任せて、ペンより重いものは持たないと聞いていたが、この第二皇太子は違うようだ。

なんだかひどく親近感を覚え、そっと自分の右手を預けた。

温かい掌の感触に、脈動が速まった。考えたら、異性に触れるのはこれが初めてなのだ。ドギマギして足元がおぼつかなくなる。

「お嬢様、行ってらっしゃいませ」

メアリが背後から、気持ちを込めた見送りの言葉をかけてきた。その声に、やっと気を持ち直して、しずしずと玄関の階段を下りる。

セガールは滑らかな動作で、ソフィアを馬車まで誘った。背筋がピンと伸びて、とても格好がいい。皇族の人は皆、彼のようにスマートで洗練されているのだろう。

馬車前で待ち構えていた兵士の一人が、素早く扉を開けてくれ、セガールがグッと手に力を込めて、ソフィアを中へ乗り込ませた。

馬車の扉が閉まると、セガールは漆黒の馬にひらりと跨《またが》り、片手を上げてよく通る声で命令する。

「出立だ！」

がたん、と馬車が動き出す。

前後左右、セガールの率いる騎馬兵団がしっかりと守りを固め、一行は皇都の中央にある皇城へと向かったのである。

ソフィアは車中でぼんやり記憶を辿る。その昔、両親が健在でまだソフィアが幼かった頃、お城の祝賀会に招かれた覚えがあった。もうっすらとしか記憶にないが、それはそれは豪華で華やかな場所だった。それ以来、一度も皇城に招かれたことはない。右も左もわからない皇城に出向くことに、不安が募るばかりだ。


半刻後、小高い丘に位置する皇城の正面門に辿り着いた。

馬車が停止したので、次第に緊張が高まっていたソフィアはハッとする。

扉の外から、セガールが声をかけてきた。

「ご令嬢、到着した。ご案内つかまつる」

扉が開き、セガールが直立して、手を差し伸べていた。彼の介助でゆっくり馬車を下りたソフィアは、目の前にそびえる城の景観に思わず声を上げてしまった。

「わ……あ」

白亜の城は、高い尖塔に囲まれ天まで届きそうなほどだ。堅牢な城壁と対照的に、白鳥が羽ばたく瞬間のような繊細で美しい城だった。

ソフィアはごくりと生唾を飲み込む。

将来、ここで暮らすことになるのだろうか。

「こちらへ。兄上は、謁見の間でお待ちである」

セガールはソフィアを促し、城の正面玄関から中へ導く。大勢の兵士や侍従たちが、さっと最敬礼して見送った。

ぴかぴかに磨き上げられた大理石の床、吹き抜けのドーム型の高い天井、色ガラスの丸窓、蔓草《つるくさ》を浮き彫りにした壁面、そこに飾られている古今東西の名画、廊下の左右には東洋の高価な壺や古代の彫刻品などが無数に飾られている。さすがに、大陸一の帝国の城である。

だが、ソフィアには内装を鑑賞する余裕などない。

セガールに手を取られながら、一歩歩くごとに不安がどんどん高まっていく。

いかつい体躯の兵士たちに守られた扉の前まで来ると、セガールは艶めいたバリトンの声でのたまう。

「ソフィア・クラウスナーご令嬢の到着である」

兵士たちが重々しい扉を左右に開いた。

「さあ、お入りなさい」

セガールが促して、彼の後ろから中へ入る。

赤い絨毯の向こうに階《きざはし》があり、そこの玉座に腰かけているずんぐりした青年の姿があった。

あの人が、第一皇太子ニクラス殿下だろう。

「兄上。くだんのご令嬢をお連れした」

セガールは扉の前でそう告げると、そっとソフィアの手を離した。

セガールは敬礼し、ソフィアに堅苦しく言う。

「私はこれにて失礼する」

「あ」

拠り所を失ったみたいに、心細い。

行かないで、と思わず声を出しそうになり、縋《すが》るようにセガールを見た。

開いた扉から姿を消そうとしていたセガールが、一瞬ちらりとこちらに視線を投げた。

「っ……」

なにかを訴えるような情緒的な切実な目線に、心臓がばくんと跳ね上がったような気がした。なぜそんな眼差しを――。

だが、たちまち扉は閉まり、あの刹那の顔つきは見間違いだったかもしれない、と思い直す。

「おお、参ったか。待ちかねておったぞ」

階の上から、がらがらした野太い声がした。

ソフィアは慌てて正面を向き、スカートを摘《つま》んでその場で一礼する。

「お招きにあずかりまして——ソフィアと申します」

「ああ、挨拶などいい。早くこちらへ。近くへ」

苛立たしげな口調に、ソフィアは頭を下げたまま慌てて前へ進み出た。

玉座にどっかりと腰を下ろし、第一皇太子ニクラスは肘かけに頬づえをついている。

階の下まで来ると、ニクラスが鷹揚に言う。

「顔を上げよ」

おずおず頭をもたげる。ニクラスと視線が合った。

「……」

髪は癖のある金髪、丸々とした顔の肉に埋もれた灰色の目、着ている礼装は金ピカで贅を尽くしたものだが、太り肉《じし》な腹の突き出た肉体でぱんぱんである。まだ三十歳になったばかりだと聞いていたが、すでに前頭部がかなり後退していた。

セガールの兄だから、彼と似た容貌の人物を想像していたが、まったく雰囲気が違っていた。

一方で、ニクラスは満足げにうなずく。

「これは、思った以上に美しく清らかそうなご令嬢であるな」

ふいにニクラスは玉座から立ち上がり、のしのしと階を下りてきた。

どうしていいかわからず、ソフィアは棒立ちだ。

ニクラスはやにわにソフィアの両手を握った。大きな宝石の指輪をいくつも嵌《は》め、丸々とした湿り気のある手の感触に、思わず振り払いたくなったが、じっと耐える。

「第一皇太子ニクラスである。あなたのことは、とても気に入った」

ニクラスは握った両手を引きつけ、ソフィアの手の甲にちゅっちゅっと音を立てて口づけしてきた。

「あ」

触れる唇の生温かさに生理的な嫌悪を感じたが、抗えない。

「綺麗な肌だ。触り心地もよい。これは、なかなかの掘り出し物だ」

ニクラスはそのまま背中に手を回し、強引に抱きしめてこようとした。

「で、殿下——ご、ご無体は、お許しください」

ソフィアは反射的に身を捩《よじ》って逃れてしまう。

ニクラスは空になった両手を見て、不満そうに鼻を鳴らす。

「なんだ、えらく初心なのだな。いずれ夫婦になるのではないか。キスの一つや二つ、構わぬではないか？」

ソフィアは恥辱で全身がかあっと熱くなった。

異性に触れられるのも初めてだし、ましてや、口づけなど。そんな気安くできるものではない。

「お恐れながら殿下、本日は顔合わせということで、参りましたので」

声を震わせて訴えると、ニクラスは仕方ないというふうに肩を竦めた。

「まあ、そうか。よかろう、ソフィア殿。では本日はこれまでとし、後日入城の日取りなど、改めて連絡する」

ソフィアはぽかんとする。

「え」

これで終了なのか？

初めて会うのだから、もっといろいろ互いを知る会話があってしかるべきだと思っていたのに。

狼狽えて立ち尽くしていると、ニクラスが面倒臭そうに片手を振った。

「下がってよいぞ。ああ、私の侍女に案内させるか」

ニクラスが手を打ち合わせると、どこからともなく侍女のお仕着せを着た若い娘が現れた。

ハッとするほどの美人だ。

「お呼びですか、殿下」

「アデール、ソフィア殿を玄関までご案内しろ」

「かしこまりました。ご令嬢、どうぞ」

アデールと呼ばれた侍女がさっさと扉の方へ向かうので、ソフィアは一言もなく後に続いた。

背後で、ニクラスが大きくあくびをする音がした。

ソフィアはその無神経な仕草に、グサリと心に突き刺さるものを感じた。

アデールに先導されて広い廊下を進みながら、ソフィアは遠慮がちに声をかけた。

「あの——アデールさん。ニクラス皇太子殿下は、どのようなお人柄なのでしょうか?」

お付きの侍女であれば、ニクラスの人となりを熟知しているだろうと思ったのだ。

前を向いて歩いていたアデールが、足を止め、ちらりとこちらを見た。その眼差しがひどく冷ややかなので、ソフィアはどきりとする。

アデールは固い声で答えた。

「ニッキー殿下は、美食家で狐狩りがご趣味で、様々な娯楽に通じていて、お話がそれはそれは面白く楽しいお方です」

「まあ、それから?」

「あとは、ご令嬢が親しくなさって、ご理解すればよろしいかと」

アデールはつんと背中を向けて、歩き出してしまう。

ソフィアはなんだか気まずくなって、押し黙った。

なにより、侍女が皇太子殿下を「ニッキー殿下」などと愛称で呼んだことに引っかかる。あまりに馴れ馴れしすぎるのではないだろうか。ニクラスとアデールの間に、特殊な関係の匂いを感じ、ソフィアはさらに気持ちが落ち込んでしまう。

廊下から、玄関ホールに出る回廊に出たところで、規則的に並んでいる大理石の円柱の一つにもたれて、セガールが人待ち顔で立っていた。

彼はソフィアの姿を見ると、つかつかと近づいてくる。

アデールが慌てて最敬礼した。

「ソフィア嬢、送迎の役目を承っていたので待機していたが、もう面談は終わられたのか？　やけに早いではないか？」

自分のことを待ち受けてくれていたのだと知り、ソフィアは胸の奥がじんわり温かくなるような気がした。

「はい——その、ニクラス殿下はなにかとお忙しそうでしたので」

もごもごと言い訳すると、セガールが苦笑めいた表情になる。

「ああ、また狐狩りにでも出かけるつもりなのであろう」

セガールは控えているアデールに声をかけた。

「あとは私がご令嬢をお送りする。お前は兄上の下に戻るがいい」

「御意」

アデールはさらに頭を下げ、そそくさとその場を去った。セガールは彼女の後ろ姿を不快そうな目で見ていたが、ふいにソフィアに顔を振り向けると、穏やかに言った。

「まだ予定の時間はたっぷり残っている。どうだろうか、ソフィアご令嬢。私が少しばかり城内を案内しようか？」

「え、そんな――皇太子殿下にそんな恐れ多いことを」

口では礼儀正しく断ったが、内心は心が躍った。初めての登城で右も左もわからないが、城全体が豪華な美術館のようで、本当はとても興味を惹かれていたのだ。

「いや、その方が私も助かる。予定の時間終了までは、他の執務につけぬのでな。時間を持て余すよりは、ずっとよい」

ソフィアの気持ちを汲むような言い方に、セガールの心配りを感じて嬉しい。

「だが城内はあまりに広い。天気もよいので、今日のところは内庭の彫刻の森を散策しようか、どうぞ、ご令嬢」

セガールが腕を差し出す。

ソフィアはごく自然に、彼の腕に自分の手を絡めていた。

ニクラスに手を握られたときには身震いが走るほどいやだったのに、我ながら不思議だ。セガールの清廉な雰囲気が警戒心を緩めるのだろうか。

回廊の脇から内庭に入り、そぞろ歩く。

内庭はひと気がなく、小鳥の声とさやさや梢を渡るそよ風の音のみで、それまで混乱気味だったソフィアの心が、次第に落ち着いてくる。

「彫刻の森」というだけあって、綺麗に剪定《せんてい》された木立のあちこちに、様々な彫刻が置かれてあった。

「それは前世紀の著名な彫刻家ホールリンの晩年の作品で、『天国への道』という。あっちの天使像は、現代彫刻家の雄ヨンソンの手になるものだ。抽象的な表現だが、迫力のある造形だ」

セガールは、一つ一つの作品を丁寧に説明してくれた。

「素晴らしいです。芸術は詳しくないですけれど、どの作品も心に迫ってくるものがありますわ」

ずっと家に引きこもって家事と看病に明け暮れ、娯楽らしいことになに一つ興じてこなかったソフィアは、目を輝かせてセガールの話を聞いていた。

そして、彼の芸術に対する造詣の深さに驚いた。騎馬兵団大団長を務めるくらいだから、豪腕な武人だろうと思っていたが、繊細な語り口に、文武両道に優れている人なのだとわかる。

さすが一国の皇太子ともなると違う、と感心しているうちに、ニクラスの自分に対するぞんざいな態度を思い出し、少しだけ落ち込んでしまう。

口数の少なくなったソフィアを気遣ってか、セガールは噴水の横のベンチを指差した。

「少し休もうか」

彼は上着の内ポケットからハンカチを取り出すと、ベンチの上に敷き、そこを勧めた。

「さあ、どうぞここに座って」

こんなスマートに淑女扱いされると、乙女心がドキドキ浮き立ってしまう。

「ありがとうございます」

顔を赤らめながら、そっと腰を下ろす。セガールは少し離れて、隣に座った。隣に彼の存在感と体温を感じると、さらに脈動が速まってしまう。ちらりと目に入るセガールの横顔の美麗さに、彫刻よりも彼をずっと見ていたいと思ってしまう。

ソフィアの視線を感じたのか、セガールの鋭角的な頬にわずかに緊張が感じられた。

セガールの口調がにわかにぎこちないものになった。

「——いい季節になった」

「ええ、本当に——」

ふと、沈黙が支配する。

二人は正面に目を向け、木漏れ日の降り注ぐ彫刻群を無言で見つめていた。

会話がないのに、なんだかとても心地よい空間で、ソフィアは胸の中がほんわかしてくる。

セガールが軽く咳払いして切り出した。

「——あなたには、以前一度だけお目にかかったことがあると思うのだが」

ソフィアはぽかんとした。

「え？」

セガールとは今日が初対面だと思う。

ろくに街にも出ない自分が、皇太子殿下と遭遇する機会などあるはずもない。

「あの――なにかのお間違えでしょう」

小声で答えると、にわかにセガールの表情が厳しくなった。彼はやにわに立ち上がった。

「そろそろ時間だ――屋敷にお送りしよう」

彼はそのまま手を差し伸べることもせず、さっさと先に立って歩き出す。

不機嫌そうな声に、ソフィアは狼狽える。なぜ急にセガールが気分を害したのか、見当もつかない。でもきっと、礼儀知らずな自分が、なにか彼の不興を買うような言動を無意識にしてしまったに違いない。

「はい……」

しゅんとして、セガールの後ろからトボトボとついていく。

さっきまでのウキウキした気持ちはどこかに吹き飛んでしまい、悄然としてしまう。

ニクラスの無神経な振る舞いや、親切にしてくれたセガールの機嫌を損ねてしまったことなど、ソフィアはすっかり意気消沈してしまった。

帰りの馬車の中で、ソフィアはため息をつく。

勇気を振り絞って皇太子殿下の許嫁候補として登城したのに、誰にも歓迎されていない気がして、先のことを考えると気が重くなった。

自宅前に到着すると、扉を開けてくれたセガールは、無表情で手を貸して下ろしてくれ、その場で堅苦しく敬礼した。

「ではこれで私の任務は終了だ。失礼する」

くるりと背を向けて騎乗しようとするセガールに、ソフィアは慌てて声をかける。

「あ、あの……いろいろお心遣いありがとうございます、セガール殿下」

美しい所作で馬に飛び乗ったセガールは、馬首を返しながら儀礼的に答えた。

「大義ない。あなたは兄上の婚約者候補であるからな、義を尽くしたまで」

素っ気なく答えると、セガールは王家の馬車に伴走しながら去ってしまった。

「……」

玄関に立ち尽くしていると、やにわに扉が開き、喧《かまびす》しい声とともにヴェロニカが飛び出してきた。彼女は興奮しきっている。

「ソフィアさん、お帰りなさい。あなた、皇太子殿下の許嫁に指名されたんですって？　もう社交界では噂の的よ。私も驚いて飛んできたの。叔母様に尋ねたら、事実だって言うからもう、開いた口が塞がらなかったわ」

まだ病状が安定していない母に勝手に面会したヴェロニカに、ソフィアは憤りを感じた。それでも、口調は穏やかに答える。

「いろいろあって、そういうことになったの」

ヴェロニカは、握っていたハンカチを噛み締めていかにも悔しそうだ。

「ずるいわ、公爵家ってだけでそんなに優遇されて。私の伯爵家だって、財産も身分も申し分ないんだから。私はソフィアさんと違って、社交界にデビューだってしてるし、全身美容も欠かさないし、淑女の嗜みはきちんと身につけているわ。私が指名されたってよかったのに。ああ口惜しいったらない」

あからさまにソフィアを貶《おとし》めるようなことばかりまくし立てるヴェロニカを、ソフィアは半ば呆れて見ていた。

だが、心の半分は去って行ったセガールの方に向けられていた。

このままニクラスの妻になったら、セガールは義理の弟となる。

否応なく、顔を合わせることになる——義姉弟として。

それを考えると、どうしてか胸がちくちく痛んだ。

「ねえ、ソフィアさん、あなたには荷が勝ちすぎていると思うのよ。どうかしら、私を代わりに皇太子殿下に推挙してくれないかしら」

まだべらべら勝手なことをしゃべり続けているヴェロニカをよそに、ソフィアはこの胸の痛みはなんだろうと、ぼんやり考えていた。

第二章　婚約破棄されました

翌週末。

ソフィアに再び皇帝陛下から呼び出しがきた。

ニクラスが承諾したので、婚約から結婚に向けての様々な打ち合わせがしたいという旨で、ソフィアの気持ちもにわかに引き締まる。

とにかく、皇太子妃になるべく前に進み始めたのだ。覚悟をしっかり持たねばならない。

ニクラスとは、これから徐々に心を通わせていけばいい。

頭の片隅にセガールの面影が離れないが、それを振り払おうと、ニクラスのことだけを考えようと務めた。

だが、当日、迎えの馬車の側に、漆黒の馬に跨った青い軍服姿のセガールを見ると、グラグラと気持ちが揺れてしまう。

セガールは先週の不機嫌そうな態度は影を潜め、礼を尽くした態度でソフィアを迎えた。

「ソフィア殿、今後も私の指揮する騎士兵団が、あなたの送迎の警護を承った。何卒、ご了承願う」

ソフィアは胸のときめきを抑えきれず、頰を染めて答える。

「武勲の誉れ高いセガール殿下の騎士兵団なら、安心して護衛をお任せできます」

「任せるがいい」

セガールがかすかに笑みを浮かべて、うなずく。軍人らしい自信に満ちた態度にも、魅了される。

先日と同じように、セガールに手を取られて馬車に乗り込む。彼の手の感触にときめきが止められず、走り出した馬車の窓のカーテンの陰から、そっとセガールを目で追った。

背筋をまっすぐ伸ばして凛々しく馬に跨っている姿に、うっとり見惚れていた。こうしてずっと彼の勇姿を見ていたい。いつまでも城に着かなければいいのに、と密かに願ってしまう。

だが、皇城が見えてくる頃になると、ハッと我に返った。

なんて自分はよこしまなのだろう。

これから婚約者であるニクラスに会いに行くというのに、ずっとセガールのことばかり考えていた。こんな気持ちは、ニクラスに対する不敬罪にも等しい。

きっと異性に免疫のない自分は、少しばかりセガールに親切にされただけで、気持ちが乱れてしまったのだ。それだけなのだ。

ソフィアは胸元に手を添えて、深呼吸した。

コルセットの内側に、お守りがわりに「篤志家様」からの手紙を忍ばせてあったのだ。

「篤志家様」のことを思うと、勇気が出た。あの人に軽蔑されるようなことだけはすまい、と自戒の念を強くした。

セガールに同伴されて皇城の玄関ホールに入ると、奥から小走りで一人の侍女が姿を現した。ニクラス付きの侍女のアデールだ。

彼女は恭しく二人の前で頭を下げた。

「ソフィア様におかれましては、ニクラス皇太子殿下は、本日は私室でお会いになられるということで、私がご案内いたします」

セガールがかすかに眉を顰める。

「兄上が、私室で？」

アデールが促す。

「先ほどからお待ちかねです。どうぞお急ぎください」

「は、はい。セガール殿下、では、また帰りのお時間に――」

ソフィアは慌ただしく挨拶し、アデールの後ろに付いて行く。

背中にセガールの強い視線を感じ、身体が熱くなるのを感じた。

城の中央螺旋階段を上がり、最上階のニクラスのプライベートエリアに辿り着く。エリアへの入り口は屈強な兵士たちが守りを固めていたが、そこをすぎるとひと気がなくなる。

「この廊下の一番奥が、殿下の私室にございます」

アデールはとっつきの扉の前まで来ると、ノックした。

「殿下、ソフィア様のご到着でございます」

内側から扉が開き、ニクラス自身が顔を出した。彼はゆったりしたガウンを羽織り、随分と寛いだ姿だ。

「おお参ったか、さ、入りなさい」

ニクラスはやにわにソフィアの手首を掴み、部屋の中に引き摺り込むようにした。アデールが素早く扉を閉めた。

「あ」

足がもつれて、ニクラスの胸に倒れ込むような形になり、そのときに彼が素肌にガウン姿なのに気がついた。彼のぶよついた肉体の感触にドギマギし、慌てて身を離す。

「し、失礼しました」

数歩離れたところで無礼を詫びると、ニクラスは鷹揚に手を振った。

「かまわぬ。夫婦は互いに触れ合うところから始まるのだからな」

ソフィアは胸元に手を置いて、気を取り直そうとした。

「本日は、今後の打ち合わせということで――」

「それより、二人きりでもっと親交を深めぬか」

ニクラスは部屋の奥の扉を開くと、ソフィアを手招きした。

そちらが応接室なのかと何気なく近づき部屋の中を覗き込むと、真っ赤な壁紙に真っ赤な絨毯を敷き詰めた絢爛豪華な広い部屋だった。その中央に、大きな天蓋付きのベッドが鎮座しているのが目に飛び込んできた。

「で、殿下……？」

驚いてニクラスを見遣ると、彼はにやつきながら肩を抱いてくる。

「夫婦はまず、肉体の相性が大事というから、試そうではないか」

湿った太い指が、肩をいやらしく撫で回す。

ニクラスが性急に性的関係を求めてきたことに、ソフィアはぞっとして凍りつく。声が掠れた。

「こ、こういうことは、きちんと結婚してから――」

「固いことを言うな、どうせ結婚したら行うのだから、もったいぶることもないだろう？」

ぐいっと身体を引き寄せられ、ニクラスの顔が寄せられてきた。

荒く熱い鼻息をかけられ、ソフィアは生理的恐怖に小さく悲鳴を上げた。

「きゃっ」

とっさにニクラスの身体を押しのけてしまう。

拒絶されるとは思ってなかったのか、ニクラスの太った身体がよろめいた。ソフィアはその隙に、寝室を飛び出し、次の間の隅へ身を寄せた。

「キスもだめなのか？　随分と気位が高いな」

のっそり寝室から出てきたニクラスは、がたがた震えているソフィアの姿に苦笑した。そして彼は、吐き捨てるように言った。

「これだから深窓の処女は困るのだ。面倒で扱いにくい」

不躾な言葉を投げかけられ、ソフィアは鈍器で後頭部を殴られたような衝撃を受けた。

「で、殿下――わ、私、き、気分が、すぐれません……きょ、今日は失礼させてください」

ソフィアの真っ青な顔を見て、ニクラスは肩を竦める。

「仕方ない。今日は帰ってよし――だが、次回は」

彼はにやりとする。

「心して来るように」

ソフィアは頭が真っ白になり、ふらふらと部屋を出た。

扉の外で待機していたらしいアデールが、冷ややかに尋ねる。

「もう、お帰りですか？」

ソフィアは返事もできず、壁に手をついてよろめきながら足を運ぶ。

「アデール、入れ」

部屋の奥からニクラスの声がして、アデールが素早く中へ身を滑り込ませた。

ばたん、という扉の閉まる音に、ソフィアは胸がずたずたに切り裂かれるような気がした。

この後、ニクラスとアデールの間になにが起こるかは、初心なソフィアでも予想はついた。

皇帝には、閨《ねや》を共にする役目の女性が数多《あまた》付いているらしいと、噂では聞いていた。

「あ……ぁ」

夫婦になるということが、どんなことかくらいはソフィアも知っている。肉体の交わりが必須であるというのも、頭では納得していた。

でも、こんなふうじゃなかった。

ずっと頭の中で想像していた睦《むつ》み合いというのは、愛する人と深く心を通じ合わせ、その後に身も心も一つになるということで、こんな簡単に捧げていいものではなかった。

それなのにニクラスは、まるでお茶でも飲むみたいにソフィアをベッドに誘った。無垢で初心な彼女を、さも面倒臭い相手のように揶揄《やゆ》した。

そしてソフィアに拒絶されると、侍女をすぐさま寝室に招き入れた。

あまりにも屈辱だった。

たとえ相手が皇太子だとしても、結婚する相手にもっと敬意を払うべきではないのか。

「うぅ……」

ソフィアは嗚咽を噛み殺し、皇太子専用のエリアを出て、ふらふらと螺旋階段を下る。

こんな気持ちで家に帰ったら、臥《ふ》せっている母に泣きついてしまうだろう。母にだけは心配をかけたくない。どこかで、人知れず泣きたかった。

だが、右も左もわからない城の中だ。彷徨《さまよ》うばかりだ。

ふと見ると、回廊の向こうに庭があり、その先に彫刻像が立っている。彫刻の森に違いない。

セガールに案内されたことを思い出す。あそこなら、ひと気もない。

彫刻の森に入り、水のせせらぎの音を頼りに中央の噴水まで辿り着いた。

その側のベンチに崩れるように腰を下ろした。

顔を両手で覆い、おいおいと声を上げて泣いた。

泣いて泣いて、涙ですべてを洗い流し、涙が涸《か》れ果てたら、決意を新たにしたかったのだ。

ニクラスを夫とし、彼にすべてを捧げることをよしとすること。どんなに辛くて恥ずかしくても、次からはもう逃げてはいけない。

そういう強い気持ちが欲しかった。でも、涙が止まらない。

「う……うぅ……う」

いつまでもしゃくり上げていると、かさりと下草を踏みしめる足音がし、低く艶めいたバリトンの声が、そっと名前を呼んだ。

「ソフィア嬢」

ソフィアはハッと顔を上げる。

目の前にセガールが立っていた。

彼は気遣わしげにこちらをじっと見下ろしている。

「あ……」

慌てて両手で顔をごしごし擦った。こんな恥ずかしい顔を見られたくない。

「あなたがニクラスの下を下がったと聞いたのにいつまでも戻らぬので、探しに来たのだ。泣いておられるのか？　どうして？」

ソフィアは無理やり笑顔を作ろうとする。

「いいえ、いいえ、泣いてなどおりません……」

すっとセガールの腕が伸びてきて、無骨で長い指がソフィアの頬を伝う涙を拭った。

「泣いているではないか」

その優しい触れ方に、胸がぎゅっと締め付けられる。

再び涙が溢れてしまい、止めることができなくなった。

「ああ、あぁあ……」

顔を伏せて号泣する。

「ソフィア嬢――」

セガールの声が狼狽《ろうばい》している。彼はソフィアの脇に腰を浅く下ろすと、逡巡《しゅんじゅん》したのち、そっと背中をさすり始めた。赤子をあやすような仕草も心に染みて、ソフィアはとめどなく涙を流した。

　セガールは無言のままずっと背中を撫でてくれていた。

　次第にソフィアの気持ちが収まってきて、涙声が小さくなると、セガールは懐からハンカチを出して、差し出した。

「さあ、顔を拭いて、鼻をかみなさい」

「は、はい……」

　受け取ってハンカチで顔を覆うと、オレンジのようなオーデコロンの匂いがした。とても爽やかででも甘い香りは、あの「篤志家様」のものと似ている。心優しい男性は、同じような香りを好むものなのか。

　ソフィアが落ち着いてきたとみて、セガールは言葉を選んで尋ねてくる。

「なにがあったのだ？　兄上が、その──無作法な振る舞いでもしたか？」

「い、いいえ……」

　セガールの兄である人を、悪く言いたくなかった。でも、このやるせない気持ちを聞いてほしい。

「セガール殿下──夫婦や恋人は、互いに触れ合いたいと思うものでしょうか？」

　セガールは目を瞬く。

「そうだな──愛しい人に触れたいと思うのは、自然だろう」

ソフィアは小さくため息をつく。

「私は……怖くて……男の人に手を握られるのも、キスされるのも、なにも経験がないのです。怖くて……その、逃げてしまったんです」

セガールの綺麗な眉が、ぴくんと跳ね上がる。

「キス、だと？」

口調が強くなったので、ソフィアは叱られたのかとびくりと肩を竦めた。セガールはすぐに落ち着いた話し方に戻った。

「兄上が、あなたにキスしようとしたのか？」

ソフィアはこくんとうなずき、しょんぼりと答える。

「許嫁なのに、恥ずかしいです――ニクラス殿下は恥をかかされたと、さぞお怒りでしょう」

セガールは軽く咳払いした。

「その――キスをしたのかね？」

首を振る。

「振り払ってしまいました」

「そうか――」

セガールがほっと小さく息を吐いた。

ソフィアは必死の面持ちでセガールを見上げた。

「悪意があってのことではないのです。なにも知らないので、ただ怖かっただけなの――あの、セガール殿下、どうかニクラス殿下にとりなしてくださいませんか？」

セガールの青い目が揺れる。

「そんなに怖かったか」

「はい……」

「キスは――怖いものではない」

セガールの声が一段低くなった。そして、彼の顔がゆっくりと近づいてきた。

息が触れるほど近くで見つめられ、ソフィアは魅入られたように身動きできないでいた。

あまりに美麗な顔に目を逸らすこともできず、なぜか恐怖心もなかった。

セガールが密やかな色っぽい声でささやく。

「目を閉じて」

言われるままに瞼を閉じる。

セガールの身に纏《まと》うオーデコロンの香りが、一層濃厚に鼻腔を擽る。

と思った直後、ソフィアの唇はしっとりと塞がれた。柔らかな相手の唇が、二度三度、羽毛で撫でるみたいに唇に触れていく。

「ん……ん」

ソフィアは呼吸を止めて、じっとしていた。心臓がドキドキする。体温がみるみる上昇し、触れられた部分からなにか甘い痺れのようなものが生まれ、じわっと身体の芯が熱くなった。

それはとても心地よい感じで、少しも怖くなかった。

セガールの顔がゆっくり離れ、ソフィアははあっと詰めていた息を吐いた。

二人の視線が絡み合う。

「甘いな。あなたの唇は」

「あ」

セガールがしみじみとつぶやき、彼の手が顎をそっと摘み上げた。

仰向かされ、再び唇が合わされる。今度は、最初より少し強く押し付けられ、顔の位置を変えて何度も撫で擦られる。

「……ん、ふ……ぅ」

息継ぎの仕方もわからないソフィアは、頭がぼうっとしてしまう。お酒に酔ったみたいに、ふわふわと気持ちが酩酊する。

ふいに、ぬるりと濡れたものが口唇を撫でた。

「えっ……」

舐められた、とわかった瞬間、驚いて声が上がりそうになり、開いた唇からするりとセガールの舌が忍び込んできた。

「ふ、ぐ……ん、んんっ、ん」

ちろちろとセガールの舌先が唇の裏を舐め、歯列を辿り、口蓋までたっぷりと舐め回してきた。

こんな深い口づけがあるなんて知らなかった。

ソフィアは狼狽えて、身体をぎゅっと強張らせた。

怯《おび》えて顔を振りほどこうとすると、セガールの片手が素早く後頭部を抱え、動かないようにしてしまう。

抵抗できないでいると、セガールの舌はさらに奥まで差し入れられた。

「う……ぐ、ふ……ぅ」

怯えて縮こまっているソフィアの舌を探り当てられ舌先が搦め捕られ、ちゅうっと強く吸い上げられる。

「んんぅ、んん、ん――……っ」

刹那、未知の甘く淫らな痺れが、うなじから背筋を伝い下肢まで走った。

一瞬、気が遠くなる。魂まで吸い込まれてしまったのかと思う。

「んゃ、や……あ、ふぁ、あ、あ……」

抵抗しようと力の抜けた両手で、セガールのたくましい胸板を押しやろうとした。が、くちゅくちゅと恥ずかしい音を立ててさらに舌を擦られ吸い上げることを繰り返されると、深い心地よさが全身を満たし、みるみる力が抜けていく。

「……はぁ、は、んん、んんぅ……」

舌の付け根を甘く噛まれ、喉奥がひくりと震え、淫らな欲望がじわじわ下腹部の奥に生まれてきた。

子宮のあたりが甘くつーんと慄き、身体の芯がとろりと糖蜜のように蕩けていくようだ。

口づけがこんなにも激しく、嵐のように感情を掻き乱すものなんて、知らなかった。

「んぁ、は、はぁっ……あぁ、はぁ……」

いつしか、セガールを押しやろうとしていた手が、縋るみたいに彼の上着をしっかりと握りしめていた。耳の奥でドキドキ鼓動がうるさく、恥ずかしい鼻声が止められない。

もはやセガールのなすがままに、口腔を思う様に蹂躙《じゅうりん》されてしまうが、あまりの心地よさに我を忘れてしまった。

永遠に続くかと思うほど長い口づけの果てに、やっと唇が解放されたときには、ソフィアは夢見心地でぐったりとセガールの腕の中に身を預けるばかりだった。

「……は、はぁ……はぁ……」

セガールはぐったりしたソフィアの身体をぎゅっと抱きしめた。そして、忙しない呼吸を繰り返しているソフィアの、熱を持った額や頬に繰り返し唇を押し当て、耳元でささやく。

「──怖かったか？」

ソフィアは小さく首を横に振った。

するとセガールはゆっくりと身を離し、感情のこもった眼差しで見つめてきた。

「よかった、初めてのキスがいいものになって――」

「セガール殿下……」

ソフィアは胸が掻き乱され、どうしていいかわからない。

セガールとの口づけなら、いくらでも許してしまいそうだ。

彼はきっと、ニクラスとの仲を心配して、口づけのよさを教えてくれたのだろう。それ以上でもそれ以下でもないはずだ。

だから、こんなよこしまな気持ちを抱いてはいけない。

ソフィアは気持ちを正し、セガールに一礼した。

「ありがとうございます。これで、次にはニクラス殿下のご機嫌を損ねないように振る舞えると思います」

「礼など不要だ」

ふいにセガールは表情を正し、おもむろに立ち上がった。

「さあ屋敷へ送ろう。立ちなさい」

「あ、はい」

セガールに手を取られ、玄関ホールへ向かいながら、ソフィアは複雑な心境だった。

帰りの馬車の中で、そっと自分の唇に触れてみる。

ここにニクラスが口づけするところを思い浮かべようとしたが、どうしてもセガールの面影にすり替わってしまう。

口の中で小声で、お気に入りの恋歌を口ずさんでみる。

『不思議だわ　こんな気持ち
初めてなの　これが恋なの？　私にはわからないの
だって　私は初心なのですもの』

甘美な初めての口づけは、ソフィアに密かな罪悪感を植え付けるばかりだった。

翌週――。

再びニクラスの呼び出しを受けたソフィアは、意を決していた。

今度こそ、ニクラスを受け入れよう。結婚するのだから、遅かれ早かれそういうことになるのだ。夫となる人が求めているのなら、拒んではいけないのだ。

そう考えても、前日から悶々として一睡もできなかった。

いつものように、セガールが率いる騎士兵団と馬車が到着したときには、気分が悪くてげっそりしていた。

迎えに現れたセガールは、ソフィアの様子をひと目見て顔色を変える。

「ソフィア嬢、どうなされた？　ひどく具合が悪そうだ」

セガールの顔を見ただけで心臓がドキドキして、全身に活力が蘇ってくる気がした。ソフィアは無理やり笑みを浮かべた。

「いいえ、大丈夫です、セガール殿下。参りましょう」

セガールは痛ましげな表情になる。

「無理をしなくてもよい。今日のところは、私が兄上に、あなたの体調がすぐれないので訪問を控える旨を伝えておく。あなたはもう休んでいなさい」

セガールの気遣いは胸に染みたが、ニクラスの不興を買ったままでいるのは心苦しい。

「いいえ、ニクラス殿下はお忙しい公務の間を縫って、私にお時間を割いてくださっているのですから、そのような勝手なことはできません」

キッと顔を上げてそう言うと、セガールが複雑な顔つきになる。

「兄上は——まあ、それなりに忙しいお人ではあるが」

「当然ですわ。さあ出立しましょう」

ソフィアはそれ以上を言わせない態度で、玄関前に止まっている馬車へ向かって自ら歩き出す。

素早く腕を貸してくれたセガールが、小声で耳打ちした。

「気分が悪くなったら、すぐに辞去してかまわぬ。私を呼びなさい。すぐにお迎えに上がる」

ソフィアは勇気づけられた気がした。

「はい。そうします」

「うむ」

二人は目を合わせてうなずき合う。

だが、ソフィアがこれほどまでに悲壮な決意で赴いたのに、当のニクラスに面会すると、彼は居間でいかにも面倒臭そうな態度で椅子に踏ん反り返っていた。

「来たか、ご令嬢。婚約式やその後の結婚までの手はずは、配下の者に任せたので、後でその者から詳細な説明を受けてもらいたい」

それだけ言うと、ニクラスはそそくさと席を立った。

「では、私はサロンでカードゲームの準備があるので、これにて失礼する」

「あ——の」

ソフィアは呆気《あっけ》にとられてしまう。

呼び止められたと思ったのか、居間を出て行こうとしたニクラスが振り返る。

「なんだ？　それともこのままベッドに直行してくれるとおっしゃるのか？」

皮肉めいた口調に、ソフィアは思わず言い返していた。

「いいえ。きちんと神様の前で婚姻の誓約を交わすまでは、清い間柄でいたいと思います」

ニクラスが不愉快そうに鼻を鳴らした。

「ふん、それもよかろうよ」

彼はさっさと出て行ってしまった。

「――」

一人残されたソフィアは、我ながら愕然《がくぜん》としてしまう。

とっさにどうしてあんなことを言ってしまったのか。

今日こそは、ニクラスが深い関係を求めてきても、受け入れようと、あれだけ決意を固めてきたのに。

だが、ニクラスの心ない態度に接した瞬間、そんな決心など吹き飛んでしまった。

互いを知り気持ちを近づけ、夫婦になるべく進んで行くはずが、会うたびに心が離れて行ってしまうようだ。

ソフィアはソファにがっくり座り込み、頭を抱えた。

生涯を共にする相手なのに、こんなことでニクラスとうまくやっていけるのだろうか。

程なく扉をノックして、ニクラス付きの事務官が現れた。

彼は今後の婚約や婚姻に関する事項を、淡々と説明する。

熱心にうなずくそぶりをしながら、ソフィアはどこかぼんやりと人ごとのように聞いていた。

事務官が去ると、気疲れで身も心も消耗しきっていた。

早く帰宅したい。

控えていた侍女アデールに、セガールを呼んでくれるように頼もうとして、彼女の姿がないことに気がついた。

これまでもアデールは、当てつけのようにその場を許可もなく離れてしまうことがあった。

仕方なく誰か他の侍従に頼もうと、扉を開けてそっと廊下を伺う。

廊下の向こうで、聞き慣れたバリトンの声が聞こえた。

扉の陰から覗くと、セガールが数人の侍従たちに囲まれてなにか指示を出している。

彼は侍従から書類を受け取ると、素早く読んでは書きつけて返す。次々と渡される書類を、セガールは立て続けに処理していく。

「このジャーク州からの河川氾濫による田畑の被害状況の訴えは、最速で調査し、報告せよ。必ず支援すると、州長には通達するように」

「まだ北の城壁の補修が進んでいないな。人員が足りぬのなら、今は農閑期ゆえ、出稼ぎ農民たちに賃金をはずみ、仕事を与えよ」

「来週の皇帝家主催の馬術大会だが、招待客の名簿をもう一度私に確認させてくれ。追加したい招待客が何名かいる」

テキパキと事案を片付けていく姿に、ソフィアは感動してしまう。なんて頭の回転が早く、臨機応変な思考をする人なのだろう。

それと同時に、セガールが激務の合間を縫って、ソフィアの送迎をしてくれていたことを知り、申し訳ない気持ちでいっぱいになった。ソフィアのせいで時間が足りないので、廊下で立ったまま仕事を片付けているに違いない。

そっと扉を閉め、ソファに戻って座り込む。セガールの執務の邪魔はしたくなかった。疲れ果て喉も渇ききっていたが、じっと耐えていた。

程なくして、セガールが部屋に入ってきた。彼はソファに倒れ込むように座っているソフィアを見て、素早く近づいてきた。

「ソフィア嬢、真っ青ではないか。おかげんは？」

心のこもった口調に、ソフィアは心配かけたくなくて努めて明るい声を出す。

「ああ、セガール様。大丈夫です。少し根を詰めて打ち合わせをしていたので」

セガールはテーブルの上を見回し、眉を顰めた。

「茶の一つもお出ししていないではないか。なんという――あなたは休憩もなしに、ずっと打ち合わせに付き合っていたのか？」

「お茶を飲みに、ここにお伺いしているわけではないのですから」

ソフィアは力なく笑う。今まで訪問して、ニクラスからそんな接待など一度も受けていないからだ。

セガールは口元に拳を当てなにか考えるそぶりだったが、思いついたように顔を上げる。

「では、私と一緒に休憩を取ろう。ちょうど、私もひと息つきたかったところだから」

「いえ、そんなお気遣いは――」

断ろうとして、さっきまで廊下で立ちっぱなしで執務に勤《いそ》しんでいたセガールの姿を思い出した。彼こそ休息が必要だ。

「ありがとうございます。いただきます」

「では、私の部屋にご案内しよう。渡り廊下を渡った、向かいの棟が私の専用エリアだ」

セガールが白い歯を見せて、手を差し出した。

渡り廊下を通り、セガールの私室の前まで案内されると、ソフィアは少しだけ躊躇《ちゅうちょ》した。ニクラス以外の異性の部屋に入ることに、ためらいがあったのだ。

その気持ちを察したのか、セガールは扉を開けると、先に自分が入って声をかけてきた。

「ソフィア嬢、ドアは開け放しておきなさい。私も女性を自分の部屋にお招きするのは初めてなので、部下にあらぬ疑いをかけられたくないのでな」

ソフィアはほっとして、ドアを閉めないまま中に入った。

オフホワイトの壁紙に毛羽の立たない濃い緑色の絨毯、調度品といえば、黒檀のテーブルに椅子、使い込んだ東洋風のソファという、第二皇太子にしてはあまりに簡素な部屋だった。でも、綺麗に掃除され、高い張出し窓がいくつもあって、明るく風通しがいい。

質実剛健なセガールらしく、好感が持てる居心地よさそうな部屋だ。

贅を尽くしたニクラスの部屋とは対照的だ。

「そこに座って」

セガールはソファにソフィアを座らせると、奥の部屋に入って行き、そこから声をかけた。

「コーヒーは飲んだことがあるかね？」

「あ、いいえ——昔、父がこれは男性の飲み物だと言って、自分だけ嗜《たしな》んでいた記憶はありますが」

「そうか」

セガールが銀の盆を手にして戻ってくる。その上には、茶器道具が載っていた。

「私は最近、自分でコーヒーを淹れるのに凝っていてね。あなたにご馳走しよう」

セガールは缶の中からスプーンで黒い粉を掬《すく》い、ポットの上の三脚のようなものに取り付けられている布袋に入れた。

それから熾火《おきび》のある暖炉のごとくの上から、鉄製の薬缶を持ってくる。しゅんしゅんと湯が沸いている心地よい音が響く。

セガールは優雅な動作で、布袋の上からゆっくりと湯を注ぐ。

ふわりと香ばしい匂いが立ち込めた。ぶくぶくと黒い粉が泡立ち、ポットの中に黒い液体が滴《したた》っていく。

「軍事訓練の野営では、鍋に直《じか》に粉を入れて煮出すから、いがらっぽくなるのだが、こうやってネルの布で濾《こ》すと、それは口当たりのよいコーヒーになるのだよ」

ソフィアは目を丸くして、セガールの様子を見守っていた。

ポットに溜まった黒い液体を、セガールがカップに注いで渡した。

「さあ、飲んでごらん」

「はい……」

真っ黒な液体が少し怖い。だが、向かいの席に腰を下ろしたセガールが、こちらをじっと見ているので、おずおずとひと口含んだ。

「苦っ……」

強い苦味が舌に走り、ソフィアは思わず顔を顰《しか》めてしまう。

「どうかな？」

セガールが顔を覗き込んでくる。虫下しの薬みたいな味だと思ったが、セガールが手ずから淹れてくれたものなので、無理やり笑顔を浮かべた。

「は、はい。とても美味しいです」

すると、セガールが悪戯っ子みたいな含み笑いした。

「ふふっ、苦くて泥みたいで、とても飲めたしろものではないだろう？」

ソフィアはうなだれて、小声で否定する。

「そ、それほどひどくはないです」

セガールは白い歯を見せて朗らかに笑う。

た。

「ははは、あなたは正直だな」

彼のこんな少年みたいな笑顔を初めて見たので、ソフィアは胸の奥がきゅんとせつなく疼《うず》いた。

「貸してごらん。私が魔法をかけてあげよう」

セガールはソフィアの手からカップを受け取った。砂糖壺から大きな砂糖の塊を摘んで入れ、ミルク入れから泡立ったたっぷりのミルクを注ぎ込み、銀のスプーンでくるくると掻き回す。そして、カップを手渡した。

「これでどうかな？　飲んでみなさい」

「は……い」

おそるおそるひと口飲んでみると、口中に香り高くかつまろやかな味わいが広がった。

「あ、美味しい！」

ゆっくりゆっくりと味わいながら飲む。

セガールが嬉しげに尋ねる。

「美味いだろう？」

ソフィアはにっこりした。

「すごく美味しいです。こんなに美味しくなるなんて、本当に魔法みたいです」

セガールは目を細め、自分のカップにコーヒーを注ぎ、香りを楽しむような表情で口に含む。

「うん、今日の出来は最高だ」

ソフィアはなにも入れないコーヒーを美味そうに飲むセガールを見て、目をぱちぱちさせた。

「セガール殿下は、そのままでも美味しいと感じられるのですか？」

「そうだな。初めは苦いだけだが、慣れてくるとこれがもう、病みつきになるほど美味いのだ」

「そうなのですか」

「そうだよ」

ブラックコーヒーを嗜むセガールの姿が、なんだかとても大人に見える。なにをしても様になって、素敵だなと見惚れてしまう。

ソフィアの視線を感じたのか、こちらに向き直ったセガールは、眩《まぶ》しそうな表情になった。

「ソフィア嬢、唇にミルクの泡が付いている」

「まあ、いやだ恥ずかしい」

指先で唇の端に触れると、セガールが笑みを浮かべる。

「そっちではない」

「え？」

素早くセガールの顔が寄せられ、ちゅっと唇が触れた。

「ぁ」

瞬時に彼の顔が離れ、何事もなかったかのようにカップを傾ける。

「もう取れたよ」

「あ、ありがとうございます……」

脈動が速まり、ソフィアは顔が赤くなるのを感じた。

「もう一杯いかがかな？」

「はい、いただきます。あの、お砂糖とミルクはたっぷりで」

「いいぞ、今日からあなたもコーヒー党だな」

「うふふ」

コーヒーの香りとともに、穏やかで心安らぐ空気が二人を包んでいた。

ソフィアはこのまま時間が止まればいいのに、と心から思った。

「――ソフィア嬢」

ふいにセガールが生真面目な表情になる。

「このコーヒーのように、苦くてとても受け入れられないと思っても、少しだけなにかを足すことで、まったく違ってくる。人間関係も同じだ。それを心しておくといい」

「はい……」

おそらくセガールは、ニクラスとの仲を示唆しているのだろう。

なかなか親密になれないニクラスとの関係に、彼なりに心遣いしているのだ。

セガールがあれこれ親切にしてくれるのは、兄ニクラスを思ってのことに違いない。

急に、口の中のコーヒーの苦味が増したように思われた。

そして、やっと自分の本心に気がつく。

この人が好き——。

セガールに恋しているのだ。

自分は彼の兄の婚約者なのに、どうしようもなくセガールのことを慕っている。

セガールになら、手を握られても口づけされても——もしかしたら、それ以上の行為をされても拒まないかもしれない。いや、むしろ密かに待ち望んでいる気持ちもある。

なんて不埒《ふらち》なのだ。

やましい感情が芽生えて、それを押し殺すことが苦しい。

セガールへの想いをどうしていいのか、ソフィアにはもはやわからなかった。

その後半月ほど、ニクラスからの呼び出しが途絶えた。

どうしたのだろう。

まさかこちらから打診するのも出すぎた行為のようで、はばかられた。

なにより、送迎がないのでセガールと顔を合わせることができないのが、一番落胆した。

悄然としているソフィアの様子に、母が慰めてくれる。

「ソフィア、皇族の方々はなにかとお忙しいから、こういうことは急《せ》かしてはいけないわ。またニクラス殿下からのお呼びがかかるまで、心穏やかに待っていましょう」

心優しい母の勘違いを正す勇気はなく、ソフィアは曖昧に笑ってうなずくばかりだ。以前打ち合わせした婚姻の心得や準備などに勤しみ、気を紛らわせていた。

月が変わる頃、ようよう皇城からの迎えが来た。

皇帝家の馬車とともに、見慣れた青い軍服のセガールの騎乗姿が見えたときには、屋敷から飛び出して駆け寄りたい衝動を必死で抑えた。

「本日は、兄ニクラスより、ソフィア嬢に重要なお話があるということです」

迎えに来たセガールは、いつもより厳粛な態度でそう告げた。

心臓がどきんと跳ね上がる。

これは、正式な婚約の日取りが決まったということだろう。

いよいよ、本格的にニクラスとの結婚へ向けて進んでいくのだ。

ソフィアは皇城に向かう馬車に揺られながら、伴走するセガールの姿を窓から見つめ、その姿を目に焼き付けておこうと思った。

もう、こんな揺れる気持ちは切り捨てなければならない。

淡い初恋と別れを告げるのだ。

そう自分に強く言い聞かせた。

皇城の謁見室に案内されると、すでにニクラスが玉座に鎮座して待ち受けていた。

「ニクラス殿下におかれましては、ご機嫌麗しゅう――」

挨拶をしようとすると、ニクラスが気短かに切り出してきた。

「ああ、挨拶などいい。実はな、ソフィア嬢」

「は、はい」

ニクラスは丸顔を少し赤くし、ソフィアの視線を避けるようにして言う。

「あなたとは婚約解消したい」

「え？」

ソフィアは初め、なにを言われているのか頭に入ってこなかった。

ぽかんとして、返答に詰まっていると、ニクラスが苛立たし気に言い募る。

「つまりその――私は他の令嬢に心を寄せてしまってな。その令嬢と結婚することにしたのだ」

「――」

あまりのことに、ソフィアは愕然とした。

皇帝家側から持ち込まれた婚約話ではなかったのか。

青天の霹靂《へきれき》だったが、意を決してニクラスとの結婚を受け入れようとしていたのに。

他の女性の方がよくなったから、お前はもう用済みだと言われたのだ。

いくら相手がこの国の最高位の皇帝家で、自分は没落した公爵家の身とはいえ、あまりにも無礼ではないだろうか。

だが、反論する立場ではない。

全身から血の気が引き、喉がぎゅっと詰まっていたが、必死で声を振り絞った。

「そ、それは――おめでとうございます。皇太子殿下がお心を奪われたお方となら、き、きっとお幸せになられることと存じます」

理不尽さに悔し涙が溢れそうだが、礼に則った態度は崩さないように努めた。

「まあ、ありがとう、ソフィアさん」

ふいに、聞き覚えのある甘ったるい声がした。

「え？」

玉座の後ろの垂れ幕の陰から、しずしずと一人の貴婦人が姿を現した。

襟ぐりを深くし、乳房の半分も剥き出しにグラマラスな肉体の線を強調し、豪勢な真っ赤なドレス姿で登場したのは、ヴェロニカだった。

ソフィアは我が目を疑い、息を呑む。

「ヴェロニカさん……」

ヴェロニカは、玉座のニクラスにしなだれかかって艶《なまめ》かしい仕草をする。

「まあいやだわ、ソフィアさん。もうヴェロニカ様、って呼んでくださらない？　私と殿下は、先日の皇帝家主催の馬術大会の席で出会って、ひと目で互いに好意を持ったのですわ。ねえ、ニッキー殿下？」

ニクラスはたちどころに鼻の下を伸ばし、でれでれとヴェロニカの袖なしの二の腕を撫でる。

「うむ。まあそういうことだ、ソフィア嬢——ご理解いただきたい」

ヴェロニカはニクラスといちゃつきながら、勝ち誇った眼差しでソフィアを見下ろしてくる。

二人の親密な雰囲気は、すでになにかしらの深い関係があることを匂わせた。

あまりの屈辱に、ソフィアは今すぐここから消えてしまいたいと思った。

だが、公爵令嬢としての誇りが、最後まで毅然《きぜん》とするべきだと思い直させる。

ソフィアは深々と頭を下げる。

「ニクラス殿下、ヴェロニカ様、おめでとうございます」

「ありがとう、ソフィアさん。残念ねえ、落ちぶれた公爵家を立て直す機会を奪ってしまったみたいで」

ヴェロニカはクスクス笑いながら、揶揄する言葉を投げつけた。

ソフィアは唇をぎゅっと噛み締めた。

かすかな血の味が口の中に広がっていく。

呆然としたまま謁見室を出ると、扉の側でセガールが待機していた。

痛まし気な彼の表情から、あらかじめソフィアの婚約破棄の件を承知していたのだろう。

「ソフィア嬢、この度はなんと申し上げていいか――」

セガールが堅苦しい口調で切り出すのを、ソフィアは無理やり笑顔を浮かべて遮る。

「これまでお世話になりました。セガール殿下――では、屋敷に戻ります」

セガールの前を素通りして、玄関ホールに向かう。

「お送りしよう」

背後からセガールが声をかけてきたが、ソフィアはきっぱりと断る。

「いいえ。私はもう護衛の必要な重要な人間ではありません。わざわざセガール殿下のお手をわずらわせることはありません」

言い放ってから、これまで随分と親切にしてくれたセガールに対して、あまりに失礼だと思い直し、立ち止まるとくるりと振り返った。

セガールは直立不動で立っている。

「セガール殿下、今まで本当にお世話になりました。あのコーヒーの味は、一生忘れません。ご機嫌よう。失礼します」

心を込めて深々と一礼し、踵を返してその場を去った。セガールは後を追ってこなかった。

送迎の馬車に飛び乗り、すぐさま出立するよう御者に命じた。

走り出した馬車の中で、ソフィアは込み上げる口惜しさと悲しみがごっちゃになった感情と戦う。

ニクラスとヴェロニカの心ない仕打ち、セガールへのせつない想い、そして、婚約を楽しみにしていた母への申し訳なさ――。

このまま帰宅し、病弱な母の気持ちを刺激しないように、婚約破棄の件を打ち明けることができるだろうか。

胸に手を当て、ドレスの上からコルセットの内側に忍ばせてある「篤志家様」の手紙に触れる。

「勇気をください。どうか、私に勇気を――」

繰り返しつぶやいていると、ふいにがたんと馬車が止まった。

「？」

どうしたのかと思っていると、扉を丁重にノックしてくる、侍従らしい男の声がした。

「クラウスナー公爵令嬢、私は皇帝家からの使いの者です」

「えっ？」

何事かと驚いて、窓のカーテンを引くと、窓越しに騎馬の使いの者が恭しく告げる。

「誠に申し訳ありませんが、今一度、皇城にお戻りください。皇帝陛下より、火急のお達しにございます」

ソフィアは目を見開く。

「戻れ、と?」

これ以上ソフィアに、なんの用事があると言うのだろう。

しかし、皇帝陛下の命令には逆らえず、馬車は方向転換し、再び元来た道を引き返したのだ。


皇城の正門前まで来ると、待ち受けていた皇帝陛下付きの侍従が、慌ただしくソフィアを貴賓室へ案内した。

「ただ今より、陛下直属の官房長官、バルツァー公爵よりのお達しがございます」

そう告げられ、にわかに緊張感が高まった。

なにか皇帝陛下の不興を買うようなことをしでかしたのだろうか。

背筋を伸ばしてソファに浅く腰を下ろして待っていると、程なく長身で男前なバルツァー公爵官房長官が重々しい足取りで入室してきた。

バルツァー公爵官房長官は、皇帝陛下の若き懐刀と言われ、長年経済大臣の座にいた人物だ。最近、健康を害した皇帝陛下の側近として、さらに一段高い役職に就けられたと聞いている。そんな人物が直々に現れるのだから、よほど重要な事柄なのだ。

ソフィアは素早く立ち上がる。

一礼したバルツァー公爵官房長官は、

「皇帝陛下にあらせられましては、体調がすぐれずということで、私が代理にてお達しを読み上げます」

そう言うと、懐から一葉の巻いた羊皮紙を取り出し、おもむろに広げて読み上げた。

「ソフィア・クラウスナー公爵令嬢　貴女を第二皇太子セガール・シュッツガルドの婚約者として正式に指名する。なおこの婚約への不服申し立ては、健康上の理由以外には受け付けない。シュッツガルド四世――以上です」

ソフィアは茫然《ぼうぜん》とした。

「――」

ついさっき、第一皇太子に婚約破棄を言い渡されたと思ったら、今度は第二皇太子と婚約せよと言われたのだ。

怒涛《どとう》のような運命の展開に、ソフィアは言葉を失ってしまう。口ごもりながらも、かろうじて聞き返す。

「あ、あの――この件は、セガール殿下はご存じなのですか？」

羊皮紙をくるくると丸めていたバルツァー公爵官房長官は、にっこりとした。

「無論、ご了承です。クラウスナー公爵令嬢、この度は誠におめでとうございます」

「――」

バルツァー公爵官房長官に恭しく祝われたが、ソフィアは唖然《あぜん》として立ち尽くすばかりだった。

第三章　第二皇太子に払い下げられました

放心状態のままのソフィアは、そのままセガールが待ってるという彼の私室へ誘導された。

馴染みのあるセガールの私室の扉の前まで案内されてから、ソフィアはやっと我に返った。

気持ちを少しでも整理しようと、ノックしようとする侍従に、三分だけ待ってくれと頼む。

この突然の婚約話を、セガールはどう思っているのだろう。

おそらく皇帝陛下は、婚約破棄された不名誉な公爵令嬢の救済措置として、第二皇太子にその責務を押し付けようとしたのだ。

ニクラスの手前勝手な振る舞いを、ソフィアが恨んで世間に悪し様に広めたりして、皇帝家の名誉を貶めるとでも思ったのかもしれない。

いずれにせよ、セガールにとっては青天の霹靂だろう。

ソフィアにもセガールにも選択の余地を与えない、皇帝陛下の非道な命令とも思えた。

自分ではどうすることもできない運命の大きな力が、人生を二転三転させる。

無常感がソフィアの心を支配する。

だが、その心の隅で、どこか安堵している自分もいる。

密かに恋していたセガールと結婚できる。それは大きな救いだった。

でも、こんなふうにではない。決して、こんな理不尽なことを望んではいなかった。

三分後、乱れる胸の内を抑え、ソフィアは部屋の中へ入った。

セガールは暖炉の側で腕組みをして待ち受けていた。少し表情が硬い。思いもかけない事態になって、立腹しているのかもしれない。

ソフィアは、面目なくて彼の顔をまともに見ることができない。

おずおずと一礼し、消え入りそうな声を出す。

「この度は、セガール殿下にあられましては、突然の陛下のお達しに、さぞや予期せぬことと、驚きのことでございましょう——」

その後の言葉に詰まる。

こんな払い下げの私でもよろしいでしょうか、とはさすがに口に出せなかった。

顔を上げることができないでいると、セガールが静かに近づいてくる気配がする。

目の前まで来ると、彼はおもむろに跪いた。

そして、いつもと変わらぬ穏やかな艶めいた声で言った。

「顔を上げなさい。ソフィア嬢」

てっきりセガールの怒りを買うのだと思っていたソフィアは、おそるおそる顔を上げる。

セガールの端整な顔がまっすぐ見上げてくる。彼は両手でソフィアの右手を取り、真摯な声で言う。

「ソフィア嬢。あなたには誠に申し訳ない事情になってしまった。だが、このまま第一皇太子に婚約破棄された令嬢という不名誉な立場になるよりは、この私でよければ、どうか結婚していただきたい」

ソフィアは目を丸くする。

「え？」

いいのか？　不名誉なのは、セガールの方ではないのか？

兄の不始末を押し付けられた形になった婚姻なのに。

言葉を失っていると、セガールは実直な口調で続ける。

「どのような形であれ、私は妻となる人には生涯の貞節と誠意を貫く所存だ。それだけは信じてもらいたい。夫婦となったら、私はあなただけを慈しむことを誓う」

「セガール殿下……」

誠実な言葉が胸を打つ。

こんな状況でなければ、天にも上る心地になったろう。

密かに恋していたセガールからの求婚なのだから、一も二もなく承諾したい。

でも、セガールはソフィアを愛しているわけではないのだ。彼の生真面目さと優しさが、ソフィアを救済したいという行動に突き動かしているのだろう。

社会奉仕か同情のような気持ちなのかもしれない。

ソフィアは思わず自分の胸に手を当てる。そこに潜ませている「篤志家様」の手紙の存在を確かめる。見ず知らずの「篤志家様」だって、ソフィアの境遇を不憫《ふびん》がって支援してくれているのだ。

自分はいつだって、哀れで気の毒な存在なのだろうか。

人生で一番幸福感に包まれる求婚の場面で、こんな悲しい気持ちになるなんて。

ソフィアが無言でいるので、セガールはさらに言い募ってきた。

「あなたの人生を皇帝家は蹂躙した。その責任は重い。これまであなたが被ってきた辛い思いを、私はもう二度と――」

「同情ならいりません」

気持ちより先に言葉が飛び出していた。

セガールが声を呑む。

ソフィアは喉の奥から熱いものが込み上げて、今にも泣きそうだったが、声を震わせながら言う。

「払い下げられた没落令嬢を哀れと思って、結婚するというのなら、その必要はありません。

落ちぶれたといえど、公爵家の娘としてのささやかな矜持もございます。それになにより、セガール様にはふさわしいご令嬢と相思相愛になって、お幸せになってほしいのです。私である必要はございません」

言い切ってしまってから、自分でも驚く。

第二皇太子からの求婚を断るなんて、なんと不敬なことをしたのだろう。でも本心だ。セガールが好きだから、彼には心から愛した女性と一緒になってほしい。

嗚咽《おえつ》を噛み殺し、重罰を下されることも覚悟した。

セガールが小さく息を吐き、端整な美貌を近づけてくる。

「ソフィア嬢。あなたほど健気で無垢で、清廉な美しさを持った女性を私は知らない」

彼の青い目がまっすぐ見つめてくる。

「今まで、あなた以上に素晴らしい女性に出会ったことはない。私は、あなたがいい。あなたを妻にしたい」

「セガール殿下……」

男性にこんなふうに口説かれるのは生まれて初めてで、ソフィアは心臓が破れそうなほど高鳴るのを感じた。

「どうか、私を受け入れてほしい。あなたを必ず幸せにする。騎士に二言はない」

じりじりと、セガールの顔が寄せられてきた。彼の青い目はあくまで澄んでいて、吸い込まれてしまいそうだ。頬にセガールの密やかな息がかかると、かあっと燃え上がるように熱くなった。

「ソフィア嬢、どうか、受け入れてくれ、どうか――」

唇がしっとりと重なる。

「ん……」

馴染みのある温かく柔らかい感触に、頑なな心がほろほろと紅茶に浸したマドレーヌみたいに溶けていく。

セガールは触れるだけの口づけを何度も繰り返しては、ささやく。

「ソフィア嬢、返事を――どうか、よい返事を」

「ふ……ん、ん……」

心地よさにうっとりとしていると、セガールの舌先が唇を割って忍び込んできた。

その口づけはいけない。身を引こうとしたが、強く手を握られ引き寄せられてしまう。

「あ……ふ、ぁ、あ……ぁ」

口腔を熱い舌が掻き回し、舌を搦め捕られて吸い上げられると、身体から力が抜けてしまう。

「んぅ、ん、は、ふぁ……ん」

うなじに震えが走り、下腹部の奥が甘く疼きだす。

セガールの肉厚の舌がぬちゅぬちゅと猥りがましい水音を立てて、ソフィアの舌腹を擦り上げ、溢れる唾液を啜り上げる。そして、舌の付け根まで強く吸いたてられ、ぞくぞくと背筋に淫らな快感が走り抜ける。

「んゃ……ぁ、や……ぁ」

四肢が痺れ、身体の芯が火照ってくる。

だめ——甘美な口づけに溺れてしまう。

ソフィアは必死で顔を振り解こうとする。

「も、やめ、て……」

「やめない。あなたが私を受け入れてくれるまで、やめない」

逃げるソフィアの顔を、セガールが追い縋って再び唇を塞がれる。

「んんーっ、ん、んんんぅ」

息も奪うほど情熱的に舌を吸われ、頭の中が真っ白になる。このままでは気を失ってしまう。

「ふ、は……も、もう、やめ……」

息も絶え絶えに訴えると、熱を孕《はら》んだセガールの瞳にまともに見据えられた。

「私と結婚するね？」

その瞳に魅入られるまま、答えていた。

「は……い」

セガールはなおも言い募る。

「本当に？」

「ほ、本当です……から」

目の前がクラクラして、もう立っていられなかった。

ソフィアは頽れるように、セガールの腕の中に倒れ込んだ。

セガールがぎゅっと強く抱きしめてくる。

彼の広い胸の中で、ソフィアは遠くで低く艶めいた声を聞く。

「捕まえた、もう、離さない」

聞き違いかもしれない、とぼんやり虚ろな脳裏で思う。


それからの展開は、驚くほど早かった。

セガールは求婚を受け入れたソフィアを伴い、その足でクラウスナー家の屋敷に向かった。

母の病室で、彼は事情により、ソフィアは第二皇太子の自分と結婚することになったことを、簡潔に報告した。

こちらの気持ちを慮《おもんぱか》ってか、ニクラスが他の女性に乗り換えたことなどは省き、ただセガール自身がソフィアのことを気に入ったのだと強調した。

てっきり第一皇太子と結婚するものと思っていた母は、初めは虚を衝《つ》かれたようだ。

だが、皇太子自身がわざわざここまで足を運び、気持ちを込めて話をする誠実そのものの態度に感銘を受けた母は、ソフィアに今一度確認する。

「ソフィア、あなたの気持ちも殿下と同じなのね？」

ソフィアはこっくりする。

「はい、お母様」

セガールに恋する気持ちに嘘偽りはない。セガールが母の前で、相思相愛のような体裁を取ってくれたのが、ありがたかった。

母は枕にもたれていた半身を少し起こし、セガールに向かって深々と頭を下げた。

「皇太子殿下、淑女としての教育が行き届かないふつつかな娘ですが、どうか末長くよろしくお願いします」

そう言って、二人の結婚を承諾し祝福してくれた。

ともあれ、病身の母を安堵させてあげられただけで、ソフィアは救われる思いだった。

屋敷を辞去する際に、セガールと玄関ホールで少しだけ立ち話をした。

「あなたとの結婚だが、少し急ぎたい」

「急ぐのですか？」

「そうだ。私は今回の結婚にあたり、父上より陸軍総司令官の地位を拝命した。そのため、地方の陸軍駐屯地の視察と新任の挨拶回りをせねばならない」

多忙なセガールらしい。

「わかりました」

「よし、では明日、城にある礼拝堂で、結婚式だけ済ませてしまおう。公の結婚式は後日にしても、一刻も早く正式な夫婦になりたい」

ソフィアは目を丸くする。

「あ、明日……ですか？」

「そうだ。双方の合意があるのだ。待つ必要もない。式を済ませたら、あなたは城にとどまり、仮の新居で暮らすといい。私はすぐさま視察に出発せねばならぬからな」

あまりの展開の早さに、ソフィアは戸惑う。病気の母を屋敷に残して、城に住むことはできない。だが、それを口にしていいものかも迷う。

「で、でも……我が家はなんの準備も――」

「ああ、病身の母上のことが気がかりなのだね」

セガールはなんて察しがいいのだろう。

「心配はいらぬ。明日よりこちらから腕ききの看護婦を数名、ここへ寄越すつもりだ。毎週、かかりつけの医師も寄こそう。しばらくは母上のお世話は、彼女らに任してくれ」

ソフィアはセガールの手回しのよさにあっけに取られる。

セガールが長身を屈め、ソフィアの唇にちゅっと音を立てて口づけしてきた。

「いいね？」

間近で青い瞳に見つめられると、胸がときめいてなんでも言うことを聞いてしまいそうになる。

「は、い……」

思わず了承してしまうと、セガールが極上の笑みを浮かべる。

「いい子だ」


翌早朝。

ソフィアは母に慌ただしく別れを告げ、城からの迎えの馬車に乗った。今回だけは、セガールの伴走はない。彼は城で、花婿として待ち受けているのだから。

今までセガールの送迎で何度となく通った道が、今までとまったく違って見える。

ニクラスに会いに行くときには、城に近づくに連れて、不安と先行きの不透明さに気が重くなったものだ。でも、今は不安はあるが、気持ちは前向きだ。

恋する人と結ばれる。

これまでは、なに一つ自分で選べなかった人生だった。運命に翻弄されて、振り回されてきた。

でも、セガールを好きだという気持ちだけは、自分で選び取った。

たった一つの唯一無二の心の宝物。

これだけはもう、離さないと強く思う。

そして、払い下げの令嬢を寛大な心で引き受けたセガールに対し、身も心も捧げ尽くそうと胸の底で誓うのだ。


「――まだか？　まだソフィアの馬車は到着しないのか」

皇城では、聖堂の祭壇前で、セガールが苛立たしげに行ったり来たりしている。

彼は純白の軍服風の礼装に身を包み、真紅のマントを羽織った絵に描いたように美麗な新郎姿だ。

「セガール殿下、もう少し落ち着いてください。あなたらしくもない」

漆黒の礼服姿のバルツァー公爵官房長官が、なだめるように声をかける。彼はこの結婚式の立会人の役目を受け持っているのだ。

「だが公爵、これが最後の機会なのだ。これを外したら、私はソフィアを永遠に手に入れられないかもしれぬ――待つのはもううんざりだ、こんなことなら、初めから私が屋敷に迎えに行けばよかった」

普段は冷静沈着で大人びた雰囲気のセガールが、年相応の青年らしい反応をするのを、バルツァー公爵官房長官は微笑ましげな眼差しで見ていた。

バルツァー公爵は、首席で大学を卒業し、その才覚を皇帝陛下に買われて若くして経済大臣に抜擢された人物である。

彼はセガールが幼年の頃から家庭教師を務め、多忙な皇帝陛下の代わりに、父親の役目も引き受けていた。

幼い頃から聡明で利発なセガールは、必ず将来国家を導く主力になるだろうと、バルツァー公爵は目をかけていた。

惜しむらくは、第二皇太子という生まれで、皇帝の地位には就けないということだ。

怠け者で勉学嫌いの第一皇太子ニクラスとは、比べものにならぬくらい優秀なのに――と、バルツァー公爵は内心大いに残念であった。セガールが皇帝の地位につけば、この国はさらに発展するだろうと思っていたからだ。

だが、セガール自身は二番手の生まれを僻《ひが》むこともなく、ひたすら皇帝家の人間としての果たすべき責任感を忘れずに成長した。

そんなセガールが、ただ一つの悩みをバルツァー公爵に打ち明けたのは、彼が十五才になる春の頃だ。

経済学の授業を終え、セガールの私室を辞去しようとするバルツァー公爵を、セガールが呼び止めた。

「公爵、少し質問がある」

バルツァー公爵はにこやかに振り返る。

「おお、勉学に熱心でございますな。先ほどの授業でまだ不明な点がございましたか?」

すると、まだ勉強机に向かって座っていたセガールは、白皙《はくせき》の頬をわずかに赤らめ、うつむき加減になった。そして、普段のハキハキした物言いとは違って、小声で言う。

「いや――その、公爵の愛妻家ぶりは社交界一だと聞いているが――」

バルツァー公爵は目を瞬き、ゆっくりとセガールの向かいの椅子に腰を下ろした。これはどうも、経済学とは別の質問が来るようだ。

「社交界一かどうかは存じませぬが、妻を愛する気持ちは誰にも負けぬつもりです」

さらりと言ってのけると、セガールがパッと顔を上げた。ひどくひたむきな表情だ。

「――わ、私は、ずっと、心にとめている乙女がいるのだ」

そこで口ごもってしまったセガールを、バルツァー公爵は慈愛のこもった眼差しで見つめる。

「そうですか。勉学一筋の殿下にも、ようやく春が訪れましたか。で、お相手はどこのご令嬢ですか? 向こうの家は了解しているのですか?」

セガールは目元を赤らめたまま言葉を繋ぐ。

「いや――私の一方的な気持ちだ」

バルツァー公爵はまだ青年期のとば口に立ったばかりの若き皇太子殿下の、不器用な片想いに、ほっこりした気持ちになる。

「でも、殿下ほどのお人ならば、心惹かれぬ乙女はおりませんでしょう。殿下、機を見て、意中の淑女に告白なさるとよろしいかと」

するとセガールは、わずかに安堵したような表情になる。

「そうか――だが、彼女に拒まれたら、この世の終わりだ」

バルツァー公爵はセガールの初々しい恋心に、笑みを隠せない。

「それでは、殿下はますます文武に励み、意中の人を逃さぬ魅力を身につけねばなりませんな」

セガールが生真面目にうなずいた。

「その通りだな、公爵。わかった。明日からもいっそう精進するぞ」

バルツァー公爵官房長官は、あのときのセガールの真摯な表情を昨日のことのように思い出していた。

あれから十年。

セガールの恋は、意外にも紆余曲折、困難を極めた。

それでも、今日この日を迎えられ、バルツァー公爵官房長官は胸を撫で下ろしていた。セガールのひたむきな恋心が、相手の乙女に通じることを心から祈らずにはいられない。

「ソフィア・クラウスナー、汝《なんじ》、健やかなるときも　病めるときも　喜びのときも　悲しみのときも　富めるときも　貧しいときも夫を愛し　敬い　慰め　仕《つか》え　共に助け合い　その命ある限り　真心を尽くすことを誓いますか？」

静まり返った礼拝堂に、司祭の厳粛な声が響く。

ソフィアは純白のウェディングドレスに身を包み、祭壇の前にセガールと並んで立っている。ウエディングドレスはセガール側が手配してくれた。

急遽決まった結婚式だが、用意されていたウェディングドレスは、まるであつらえたみたいにソフィアにぴったりだった。城付きの一流の髪結いや美容師たちの手にかかり、ソフィアはあっという間に見違えるような美女に変身させられた。だが、鏡の中の自分に見惚れている余裕もなく、立会人であるバルツァー公爵官房長官に手を取られ、慌ただしく城内の礼拝堂へ案内された。

こぢんまりとしているが美麗な造りの礼拝堂に一歩足を踏み入れると、赤い絨毯の向こうの祭壇の前で、セガールがすっくりと立っていた。

「ご令嬢、まいりましょう」

バルツァー公爵官房長官に促され、彼の腕に手を預けて、しずしずと赤い絨毯の上をセガールに向かって進んでいく。

セガールの前までエスコートされ、彼に手を取られて祭壇の前に並んだ。祭壇の奥の扉から礼装に身を包んだ司祭が姿を現した。

かくして、粛々と二人だけの結婚式が始まったのだ。

ソフィアは、息を深く吸うと、少し震える声で答えた。

「はい」

司祭はうなずき、同じ質問をセガールに向かって繰り返す。

セガールは響きのよいバリトンの声で即答した。

「はい」

司祭が重々しく告げる。

「神の御前にて、今二人は夫婦になりました。どうぞ、誓いのキスを」

緊張しきっていたソフィアは、ぎこちなくセガールと向き合った。

セガールは少し硬い表情だ。公の場に慣れている彼が、ソフィアと同じように緊張しているとは思えないので、やはり突然の結婚への戸惑いの現れかもしれない。神の前で誓約したが、セガールにとってもまだ、馴染めない事態なのだろう。

だが、セガールの両手がソフィアのヴェールをそっと捲《まく》り上げたときには、彼の表情はいつも通りの穏やかなものに戻っていた。彼の端整な顔が寄せられる。

「——ソフィア」

唇が触れる寸前に、密やかな声で名前を呼ばれた。

初めて、好きな人から敬称なしで呼ばれる自分の名前は、なんて優しく甘美に聞こえるのだろう。心臓がきゅーんと甘く痺れ、幸福感が全身を満たした。

ソフィアが目をそっと閉じた瞬間、しっとりと唇が重なった。

その後、二人で司祭立会いで結婚誓約書にサインをし、結婚式は滞りなく済んだ。

ソフィアは正式にセガールの妻になったのである。

——夜半すぎ。

セガールの私室に近い貴賓室を、当座のソフィアの私室に当ててもらった。当座といっても、一流ホテルの部屋顔負けの豪華な部屋で、侍女の控えの間から、居間、書斎、化粧室、浴室、寝室、小さな図書室まで付いている。調度品は皆、触れるのもはばかられるような高価なものばかりで、隅々まで塵一つなく清掃されてあった。

セガールがあてがったソフィア付きの大勢の侍女が現れ、ソフィアを泳げるくらい広い浴場に誘い、身体の隅々まで清めてくれた。湯浴みが済むと、真新しい寝間着に着替えさせられ、濡れ髪を丁重に梳られ、薄化粧を施され、セガールの寝室へ案内される。

一番大事な初夜の儀式が残っている。

結婚式を挙げた今夜、初めてセガールと結ばれるのだ。

その頃になって、やっとソフィアは我に返った。

結婚式を終えるまでは、まるで淡い夢を見ているような心持ちだった。

だが、これから起こることは現実だ。

互いのすべてを見せて、身体を一つに重ねる行為に、本能的な恐怖が湧いてくる。

心臓の鼓動が速くなる。

セガールに対して、ニクラスに迫られたときと同じような嫌悪感を持ってしまったらどうしよう。無垢で初心な自分が、きちんと性行為を受け入れられるだろうか。

さらに言えば、セガールがソフィアの肉体に失望したりしないだろうか。

『これだから深窓の処女は困るのだ。面倒で扱いにくい』

ニクラスを拒んだときに揶揄された酷い言葉は、胸の奥に深く突き刺さっている。

セガールにだけは、そんな気持ちになってもらいたくない。

千々に悩んでいると、寝室の奥の方の扉が音もなく開いた。

かすかな衣擦れの音を響かせて、密やかな足音が近づいてくる。馴染みのある柑橘系のオーデコロンの香りが、鼻腔を擽る。

「待たせたね」

低く聞き心地のよいバリトンの声に、ソフィアの心臓がどきんと跳ね上がった。

「――い、いいえ」

声を震わせて顔を上げると、目の前にセガールが、白い寝間着姿で佇んで、こちらを見下ろしている。

彼は緊張しきっているソフィアの気持ちをなだめようとしてるのか、切々と語りかけてくる。

「今宵、私たちは結ばれて、夫婦になる。あなたには、もしかしたら意にそぐわぬ婚姻かもしれない」

セガールは聞いているだけで背中が震えるような艶めいた声で、続ける。

「だが、これが運命ならば、受け入れてほしい。神の前で誓ったように、妻となるあなたに、私は生涯の誠実と寛容を貫こう」

真摯な声色に、別の意味で心臓がドキドキし始めた。

「こんな私でも、よろしいのですか？」

すると、セガールはかすかに口元を引き上げた。

「もちろんだ」

笑みを浮かべると、整いすぎて怖いくらいの美貌が、柔らかく解ける。

ソフィアはほっと息を吐く。

「ソフィア」

色っぽい声で名前を呼ばれると、全身がかあっと熱くなった。

口づけから、そっと抱き上げられて、ベッドに仰向けに寝かされる。薄物の寝間着を剥がされて、生まれたままの姿にさせられた。

胸元と恥部を思わず手で覆ってしまう。羞恥に目をぎゅっと瞑って、震える声で訴える。

「お願い……灯りを……消してください」

するとソフィアの上に馬乗りのような形になったセガールが、甘いバリトンの声でささやく。

「だめだ——あなたのすべてを見せてくれ。さあ、手をどけて」

「っ……」

彼の声はとろりとソフィアの理性を蕩かしてしまう。

おずおずと両手を左右に広げると、頭の上でセガールが深いため息をつく。

「美しい——思い描いていたよりも、あなたの身体はずっとずっと綺麗だ。透き通る白い肌、ほっそりした手足、でも豊かな胸と腰、この世の美がすべてあなたにあるようだ」

賛美と言葉とともに全身にセガールの視線を感じると、うっすら鳥肌が立ち、どういうわけか乳首に芯が通ったみたいにきゅうっと尖ってくる。

「触れていいか？」

緊張のあまり喉が張りついたみたいに声が出なくて、こくりとうなずく。

男らしい大きな手が、そろりと身体の曲線に沿って撫で下ろしてきた。

「あっ……」

擽ったいような震えるような甘い痺れが駆け抜ける。彼の手が、今度はゆっくりと上に上がってきて、やんわりと乳房に触れる。両手ですっぽりと乳房を包まれ、息を凝らす。

「なんて柔らかい——手に吸い付くようだ」

セガールが独り言のようにつぶやき、ゆっくりと乳房を揉みしだいてきた。

「あ、ぁ」

マッサージされるような心地よさに、ため息が漏れた。だが、男の指先が尖った乳首に触れてきた瞬間、むず痒い甘い疼きが下腹部に走り、身体の奥のどこかがきゅん、と震えた。

「あ、やっ……」

しなやかな指先が円を描くように乳首を撫で回したり、爪弾くような動きをするたび、未知の快感が下肢に走り抜ける。

そして、きゅんと締まったのが、自分のあらぬ部分だと理解する。

「可愛いね、小さな蕾が真っ赤に色づいて、硬くなって——とても美味しそうだ」

セガールの呼吸が少し速くなった気配がする。

彼は乳首を抉《えぐ》りながら、ゆっくりと覆い被さってきた。

男の肉体のずっしりとした熱い重みに、身体が強張る。

だが、セガールの柔らかな唇が、火照った額や頬、唇、首筋にと口づけの雨を降らせてくると、触れられた肌がかあっと燃え上がるようで、全身から力が抜けてきた。

「あ、やぁ、あ、あ、ぁぁ……だめ、あぁ」

乳首の刺激から走る官能の快感は、今やはっきりと隘路《あいろ》を疼かせ、淫らな収縮を繰り返し、ソフィアを居ても立ってもいられない気持ちに追い込んでくる。

「感じてる？ 悩ましい声が漏れるね」

耳朶を甘く噛みながら、セガールが耳孔に熱い息を吹き込む。その感触にすら、ぶるりと背中が慄いた。

「か、感じ……？ わ、わかりま、せん……」

「では、こうするとどう？」

セガールは両手でまろやかな乳房を持ち上げるようにして、やにわに寄せられた乳首を口に含んだ。ちゅっと音を立てて吸い上げられた瞬間、つーんと子宮に痺れる快感が走った。

「はあっ、ああっ」

思わず甘い声を上げてしまい、背中が仰け反った。

ソフィアの反応に気をよくしてか、セガールはちゅっちゅっと音を立てて左右の乳首に口づけし、片方を咥《くわ》え込み、もう片方は指で撫で回す。

濡れた舌が凝《しこ》った乳首を舐め、口唇が鋭敏な先端を吸い上げてくると、指でいじられたよりも何倍も強い快感が生まれ、はしたない鼻声を止めることができなくなる。

「やぁ、舐めちゃ……あ、あぁ、は、はぁ……あ」

こんないやらしい声を出したくないと唇を噛み締めると、隘路の奥の淫猥な疼きがさらに強くなり、どうしようもなくなる。なんとかやりすごそうと、太腿をもじもじと擦り合わせると、きゅんきゅんした快感は、さらに高まる一方だ。

そして、蠕動《ぜんどう》する媚肉はさらなる刺激を求めて、せつなくソフィアを追い詰めてくる。

「あ、あぁ、もう……セガール殿下……やめて……へんになって、しまいます……」

乳房の丘からわずかに顔を上げたセガールが、濡れた眼差しで見つめてくる。

「もう、他人ではない。名前を呼んでくれ、ソフィア」

今まで聞いたこともないせつない声で懇願され、思わず応える。

「セ、セガール様……っ」

「ああソフィア、もっとだ、もっと呼べ」

そう言いながら、セガールの顔がゆっくりと下へ移動する。

「セガール様、セガール様……あ」

セガールの舌が横腹を辿り、臍《へそ》の周囲を舐めると、びくんと腰が浮いた。

「あっ、やっ？　やぁっ」

臍で感じ入るなんて、思いもよらなかった。

「ここが感じる？　いいね、もっと舐めて上げる」

ソフィアの性感帯を発見したセガールは、嬉しげな声を漏らし、尖らせた舌先でぬるぬると臍を舐め、奥まで差し込んでは嬲《なぶ》ってくる。

「あぁ、だめぇ、おへそ、だめぇ……だめなの、ぁ、あぁ」

その淫らな刺激は直に子宮に響くみたいで、ソフィアはどうしようもなく心地よく感じてしまい、ビクビク腰を跳ね上げた。そして、隘路の性的な飢えはさらに募り、恥ずかしい部分の疼きも耐えがたいくらいに膨れ上がる。

「感じやすくて、素晴らしい身体だね。ここはどう？　濡れている？」

セガールの指が太腿の狭間を撫で回した。

「ぬ、濡れて……？」

言われている意味がわからず鸚鵡《おうむ》返しすると、彼の長い指先が和毛を掻き分け、あらぬ部分に潜り込んできた。

割れ目をぬるりと指が撫でた。

「ひあぅっ、あっ？」

痺れる快感に、媚肉の奥がきゅうっと締まり、腰が大きく浮いた。

「ほら、濡れている——あなたが心地よく感じている証拠だ」

セガールの指が花弁をぬるぬると上下に撫で、くちゅっといやらしい音を立てて、割れ目を押し開いた。

「あっ」

そこに滞っていたなにかが、とろりと零れ出る感じがした。

「すごく濡れているね。あなたのここ、熱くて、蕩けそうだ」

くちゅくちゅと卑猥な音を立てて、指先が蜜口の浅瀬を掻き回した。

「ん、んあ、あ、や……い、や、そんなとこ……あぁ、いやぁ……」

恥ずかしいのに心地よさが止められず、悩ましい鼻声がひっきりなしに漏れてしまう。生まれて初めて知る性的な悦びに、ソフィアは戸惑いながらも拒めない。

「ああどんどん溢れてくる——すごい、感じやすいね」

セガールの濡れた指先が、割れ目を辿り上辺に佇むなにかの突起を見つけ、ぬるっと撫でた。

刹那、びりっと雷にでも打たれたような激烈な快感が、背筋から脳芯まで駆け抜けた。

「ひあっ、あっ？　あ？」

一瞬意識が飛んで、ソフィアは目を見開いて腰をびくんと跳ね上げた。

「な、なに？　あ、やだ、そこ、やあっ……」

ソフィアの反応に気をよくしたのか、セガールはそこばかりをぬるぬると撫で回してきた。

きゅんきゅんと強い悦楽が続けざまに襲ってきて、ソフィアはびくびくと全身を戦《おのの》かせた。

「だめぇ、そこ、だめ、あ、怖い、あ、あぁ、はぁっ……ぁ」

「自分でも知らなかった？　ここが女性の一番感じる箇所だよ。ああもうこりこりに硬くなってきたね」

自分でも知らなかったその小さな突起は、刺激を受けてみるみる膨れ上がり、包皮からはち切れんばかりに飛び出した。

そこを触れるか触れないかの力で撫で回されると、腰が抜けてしまいそうなほど感じ入ってしまう。

「も、う、やめて……だめ、だめぇ、そこ、だめ、なのぉ……」

気持ちいいのに辛くてもうやめてほしい。なのに、両足が勝手に開いて、もっとしてほしそうに腰が突き出してしまう。

矛盾した淫らな感情に翻弄されて、ソフィアはいやいやと首を振って甘くすすり泣く。

「あ、あぁ、あ、だめ……あぁ、やぁ、だめ、に……はぁ……あ」

その上に、媚肉はヒクヒク収斂《しゅうれん》して、セガールの指を締め付けて引き込もうとする。

「ああ奥がきゅうきゅう締まっている。私を欲しいと言っているよ」

無骨な長い指が、ぬくりと媚肉の狭間に押し込まれた。

「あっ、指……あぁ、だめ、挿入《い》れちゃ……あ、あぁ、あ」

異物が体内を弄《いじ》る生まれて初めての感触に、ソフィアは戸惑いながらも、疼き上がったそこを擦られる快感を拒めない。

「狭いね——少しでも広げておこう。あなたを心地よくさせたいんだ、ソフィア」

じりじりとセガールの指が隘路を進んでいく。飢えた媚肉を埋められる心地よさに、ソフィアは身震いしながらも受け入れてしまう。

「指、増やすよ」

顔を上げたセガールが、ソフィアの耳元でささやく。

「ん……ん、あ、あぁ」

二本揃えた指が、ゆっくり処女洞を行き来した。濡れ果てた隘路をくちゅくちゅと音を立てて、出入りされると、突起を触られたときとまた違う、重苦しい喜悦が生まれてくる。

「はぁ、は、はあ、あぁ、あぁあ」

そしてその重い快感は、どこか下肢のあたりからじわじわと迫り上がってくる。

「や、なにか……あぁ、なにか来る……怖い、あ、だめ、もう、だめ……」

意識が攫《さら》われそうな感覚にソフィアは怯え、力の抜けた手でセガールの身体を押しやろうとする。だがセガールはびくともせず、そのまま指を動かし続けた。

甘苦しい快感は、波のようにどんどん押し寄せてくるよう。

魂が抜けてしまいそうな感覚に、ソフィアは首を振り立てる。

「やめ……あ、おかしく……あ、怖い、なにこれ、あ、あ、あ、や、あぁ」

　全身が強張ってくる。

「可愛いソフィア、このまま一度達しておしまい」

　セガールの指の動きが加速された。ぐちゅぐちゅという卑猥な水音が、大きくなり、同時に熱い愉悦《ゆえつ》の高波は止めようもなく襲ってくる。

　爪先にぎゅうっと力が篭り、思わずセガールにしがみ付いた。

「あ、あぁ、だめ、あ、なにか、あ、だめ、来る、あ、や、やぁあああ」

　長い指が媚肉を擦り上げ、同時に親指が秘玉をころっと転がした瞬間、ソフィアはなにかの限界に達した。ぎゅうっと隘路が男の指を締め付け、そのまま頭が真っ白になる。

「あ、ぁあああ、あぁあっ」

　ビクビクと腰が痙攣《けいれん》し、息が止まり全身が硬直した。

　その直後、ふいに力が抜け、ソフィアはぐったりとシーツに身体を沈めた。

「……はあっ、は、はぁ、は、はぁ……っ」

　呼吸が戻り、忙しなく息を吸う。

　強いお酒でも飲んだみたいに頭が酩酊《めいてい》している。

　セガールの指が、ぬるっと抜け出ていき、その喪失感にすら猥りに腰が慄いた。

　おもむろに身体を起こしたセガールが、まだぼうっとしているソフィアの頬を優しく撫でる。

「ああ、初めて達したね、ソフィア。その表情、色っぽすぎてゾクゾクする」

彼の指先の感触にすら、甘く感じ入る。もはや、全身がセガールに触れられるのを心待ちにしているようだ。

「今度は、私自身であなたを愛させてくれ」

セガールが素早く寝間着を脱ぎ捨てた。

薄明かりの中に、彫像のように美しい男の肉体が浮かび上がる。

潤んだ瞳でソフィアはうっとりとその身体に見惚れたが、彼の下腹部で滾《たぎ》る欲望を目にした途端、そのあまりの凄まじさに息を呑んでしまう。

ソフィアの怯えた気配を察したのか、セガールが息を凝らしながらささやく。

「私のものが、怖いか？」

ソフィアはそうだと答えることもできず、目を逸らす。

すると、セガールはソフィアの右手を取って、自分の股間に導いた。

「っ……」

熱く漲っている欲望に手が触れ、ソフィアはびくりと身を竦める。

「怖くない——あなたが欲しくてたまらないのだ——触ってごらん」

「……は、い」

恐る恐る屹立を握ってみる。小さなソフィアの手に余るくらい太くて硬かった。

熱を持った男根は、太い血管がいくつも浮いてびくびく脈打っていた。

「あ、あ、大きい……」

指でさえやっとなのに、こんな大きなものが自分の慎ましい処女洞に収まるとは、とても思えなかった。

「大きいか？　でも大丈夫だ、ゆっくりするから」

セガールはソフィアの手を優しく外すと、おもむろに覆い被さってくる。

引き締まった男の筋肉の感触に、ソフィアの肌が甘く痺れる。

セガールのごつごつした素足が、そっとソフィアの両脚の間に差し込まれ、左右に押し広げる。

「ソフィア、ソフィア」

セガールはソフィアの耳元で、熱を込めて名前を呼びながら、下腹部を沈めてきた。

「あ……」

綻んだ花弁に、ぬくりと男根の先端が当たる。

濡れ果てた蜜口を、張り出した亀頭がくちゅくちゅと掻き回してきた。

「あ、あぁ、あ……」

太い切っ先で擦られる感覚が心地よく、思わず艶かしい声が漏れた。

「ソフィア、ソフィア、これが私自身だ。私を受け入れて、私のものになってくれるか？　愛させてくれるか？」

セガールの息が乱れ、バリトンの声が掠《かす》れている。

男性の性については無知なソフィアだが、セガールが自分の欲望をぎりぎりまで耐えているのだということは、本能的に感じられた。

「はい……どうか、私をセガール様のものにしてください」

羞恥に目の前がクラクラしたが、はっきりとそう答え、ぎゅっと両手でセガールのたくましい首にしがみついた。

「ソフィア――」

セガールがソフィアの片足の膝裏に腕を回し、さらに足を開かせる。そして、灼熱の塊がじりじりと媚肉の狭間に押し入ってきた。

「あ、あ、あ」

狭い入り口をぎちぎちに押し広げ、さらに奥へ侵入してくる。隘路が引き裂かれるような痛みが走った。

「痛……っ」

思わず小さく悲鳴を上げる。

「痛いか？」

セガールは大きく息を吐き、動きを止める。少し腰を引き、蜜口に浅瀬に戻った肉棒が、あやすようにそこを行き来する。

「ん、ぁ、あ、ん……」

未知の行為への恐怖と緊張感が高まり、ソフィアの全身が強張ってしまう。

セガールがせつなげに言う。

「ああソフィア、そんなに力を入れては、押し出されてしまう。力を抜いてくれ」

「あ、あぁ、ど、どうしたら……」

身体のどこをどうしたらいいかもわからず、うろたえる。

早くセガールを受け入れなくてはと焦ると、ますます下腹部に力がこもってしまうようだ。

するとセガールは、ソフィアの額や頬に口づけを落とし、誘うようにささやく。

「可愛いソフィア、舌を出して」

「は、はい……こう？」

言われるまま、赤い舌先を差し出すと、セガールがやにわに喰らいつくような口づけを仕掛けてきた。舌を咥え込まれ、痛むほどに強く吸い上げられた。

「うっ、ぐぅ、ふぁあぁ」

激しい口づけの快感に、一瞬、全身の力が抜けた。

直後、セガールの剛直が一気に貫いてきた。

「あああっ」

みっしりとした圧迫感に、息が詰まった。

痛みよりも、内部からぎちぎちに押し広げられる感覚に胸苦しさが優《まさ》る。

「っ――く」

セガールが低く呻き、さらに深く腰を重ねてくる。

灼熱の屹立が最奥まで届き、行き着いた先でセガールが動きを止めて、満足そうに深呼吸した。

「ああ――全部挿入ったよ」

「あ、あ、ぁ」

内臓まで太茎で押し上げられているような錯覚に陥り、息をするのも恐ろしい。

体内に熱い脈動を感じ、その熱が身体の奥から全身に広がっていくよう。

セガールは息を凝らしてじっとしているソフィアの顔中に、口づけの雨を降らせた。

「これであなたは本当に私だけのものだ。私だけの可愛い妻だ」

引き攣《つ》るような胸苦しさはまだあったが、セガールの感に堪えないような言葉に、胸に甘い幸福感が満ちてくる。

「う、嬉しい……セガール様」

そうやってぴったり重なっているうちに、浅い呼吸に合わせて膣襞《ちつひだ》がぴくぴく蠕動し、セガ

ールのものを締め付けてしまう。屹立の熱と硬さが意識され、じんわりと不可思議な心地よさが生まれてきた。思わず身じろぐと、四肢が甘く痺れて悩ましい声が漏れた。

「あ、ぁん……ん」

「ソフィア——辛いか？」

セガールが気遣わしげに顔を覗き込む。なんて優しい表情なのだろう。今まで接していたセガールも、思慮深く気遣いのできる人だったが、ソフィアがあてがわれた婚約者のせいか、これほど親しみやすい雰囲気はなかった。

互いに一糸まとわぬ姿で触れ合うことで、二人の間にあったわだかまりのようものが消えていくような気がする。

男女が睦み合うということは、さらに深くお互いの心の中に踏み込んでいくことなのだ。

そう思うと、初めての行為に対する恐怖も痛みもみるみる薄れていく。

ソフィアは潤んだ目で見返す。

「いいえ、いいえ……もう、それほどは……」

「そうか——私はとても気持ちよい。あなたの中、熱く私を包んで、夢のように素晴らしい」

セガールの率直な言葉に、きゅんと胸が震える。

「もう、耐えられそうにない。動くぞ——」

低い声でそう言うと、セガールがゆっくりと腰を引き、亀頭の括《くび》れぎりぎりまで後退すると、再びぬくりと押し入ってきた。先端が最奥を突くと、深い衝撃に声が漏れてしまう。

「あっ、あ、あ」

ゆったりとした動きで、抽挿を何回か繰り返されると、内壁が燃え上がるように熱くなり、濃密な心地よさが生まれてきた。

太い肉茎が媚肉を擦り上げて行くたび、その心地よさが増幅し、艶めいた声を漏らしてしまう。

「は、あ、はぁ、あぁ……ああ、あ」

一定のリズムで揺さぶられ続けているうちに、傘の開いたカリ首が、恥骨の裏側あたりのどこかをぐっと押し上げ、与えられた深い快感に内壁がぎゅうっと強くうねった。

「ひあっ、はあぁ」

ひときわ甲高い嬌声を上げると、セガールは嬉しげな声を出す。

「ああここか？　ここが悦《よ》いのか？　ソフィア、ここが感じるのだな？」

ソフィアの性感帯を見つけ出したセガールは、ここぞとばかりにその箇所ばかりをずんずんと突き上げてくる。

受ける刺激と愉悦がどんどん膨れ上がり、ソフィアは思わずセガールの背中に抱きついた。

そうしないと、魂ごと身体がどこかへ飛んでいきそうな錯覚に陥ったのだ。

「ひ、あ、だめ、あ、そこ、だめ……っ、だめなの、やめて……ぇ」

突き上げられるたび、その部分がぷっくり膨れてより感じやすくなる。深い悦びに、恐怖すら覚えて、やめてほしいと懇願してしまう。だが、膣襞は言葉とは裏腹に、もっとして欲しいとばかりにきゅうきゅうセガールの肉胴を締め付けてしまう。

「ああすごく締まってきた——ソフィア、いいんだね？　感じているんだね？」

セガールが呼吸を荒くし、切羽詰まったような声色になる。

「あ、はぁ、はぁあ、あ、どうしよう……私、私……どこかに、飛んでしまいそう……怖い、怖いの、セガール様……っ」

「大丈夫、どこにもいかせない。こうしてしっかり抱いていてあげる。ソフィア、ソフィア」

セガールはソフィアの背中に片手を回し、強く引き付けてさらに密着を強めた。

「ああ、あなたの中、悦すぎて——一度達《い》くよ、ソフィア」

セガールはくるおしげにつぶやき、ずちゅぬちゅと淫らな水音を響かせて、力任せに腰を穿ってきた。

「ああっ、あ、激し……い、あ、だめ、あ、すごい……あぁ、すごい……っ」

ずんずんと最奥を突き上げられるたび、ソフィアの瞼の裏に快楽の火花が散った。

もうなにも考えられず、ただセガールの与える官能の悦びに溺れていく。

汗ばんだセガールの背中を強く抱きしめ、赤子のようなすすり泣きを繰り返す。

「も、もう、変に……あぁ、私、だめ、おかしく……あぁ、もう、なにも、わからない……

っ」

「私も、もう限界だ、ソフィア、ああ、あなたは最高だ、ソフィア――」

セガールは最後の仕上げとばかりに、がつがつと素早く腰を打ち付けてくる。

穿たれるたび、熱い喜悦の波が押し寄せ、尿意を我慢するときのようなつーんとした痺れが下腹部を満たし、気持ちよさの頂きに駆け上って行く。

「あ、ああ、あ、私、もう……だめ、あ、だめ……に……っ」

「――っ、出る――っ、出すぞ、ソフィア、あなたの中に――っ」

「ああ、あああぁ、やぁあああぁぁっ」

快感の極みに達し、ソフィアはびくびくと岸に打ち上げられた魚のように身悶えた。全身が強く硬直し、一瞬息が止まり、意識が真っ白に染まる。

「く――っ、ソフィア」

その直後、ぶるりと大きく胴震いしたセガールが、ソフィアの中に勢いよく白濁の欲望を放出する。

「あ、あぁ、あ……」

二度、三度と強く穿たれ、どくどくと大量の精が最奥へ吐き出される。お腹の奥がじんわり熱いもので満ちていくような気がした。

「は――ぁ」

すべてを出し尽くしたセガールは、大きく息を吐き、ゆっくりとソフィアの上に重なってくる。

「……は、はぁ、は、はぁ……」

ふいにソフィアの呼吸が戻り、同時に全身から力が抜け、二人は深く繋がったままシーツの上に沈み込んだ。さっきまで感じなかった男の肉体の重みが、ずっしりと感じられ、それが愛おしくてならない。ソフィアは両手で汗ばんだセガールの背中を、すりすりと撫でた。

「――ソフィア」

わずかに顔を起こしたセガールが、半開きのソフィアの唇にそっと口づける。

「ああソフィア、素晴らしかった。女性と睦み合うことは、この世で一番の悦楽だと知った。ソフィア、ソフィア――」

感極まった声で繰り返し名前を呼ばれ、啄《ついば》むだけの口づけを受けていると、ソフィアは繋がった箇所からとろとろに蕩けて、セガールと一体となってしまったような多幸感に包まれた。

「セガール様……」

愛しています――と、唇まで出かかって、ソフィアはとっさに言葉を飲み込む。

このひと言で、セガールとの至福な雰囲気を興ざめさせたくなかった。

いい気になってはだめ、と自分に言い聞かす。

こんな重い言葉で、セガールの気持ちを追い詰めたくない。

今はただ、官能の悦びを分かち合った幸福に酔っていたい。

ベッドの天蓋幕の隙間から、ほのかな灯りが漏れていた。

どこからか、香ばしい匂いが漂ってくる。

海の底から浮かび上がるように、ソフィアはふわりと目覚めた。

「あ……」

広いベッドの中で、一人毛布にくるまっていた。

確か、セガールの広い胸に抱き込まれて眠りに落ちたところまでは記憶にある。

もぞもぞと起き上がろうとして、下腹部に残る違和感に顔を顰《しか》めた。

「っ――」

まだ全裸なのに気づき、慌てて毛布を身体に巻き付けた。

「――目が覚めたか？」

そっと天蓋幕が持ち上がり、ガウンをまとったセガールが姿を現した。手にカップが二つ載った銀の盆を持っている。

「あ、はい……」

彼の顔を見ると、昨夜の自分の淫らな乱れ方を思い出し、顔が赤くなってしまう。

「コーヒーを淹れた。一緒に飲もう」

セガールはベッドに腰掛け、シーツの上に盆を置き、カップの一つをソフィアに手渡す。

「あなたは砂糖たっぷりにミルク入りだ」

「あ、ありがとうございます」

受け取ろうとして、ガウンの袖から伸びたセガールの引き締まった右上腕部に、古い傷痕があるのが目に止まる。少し抉れたように肉が削げている。昨夜は、初夜の緊張でセガールの肉体をはっきりと見る余裕などなかったので、気がつかなかったのだ。

「セガール様、その傷は？」

セガールは自分の腕をまじまじ見て、にこりとする。

「ああ、昔の傷だ。まあ、騎士の名誉の負傷だよ。さあ、コーヒーが冷めるよ」

「あ、はい」

淹れたてのコーヒーの香りは、目をすっきりと覚まさせるようだ。熱々のコーヒーを一口含むと、甘みと苦味が口いっぱいに広がり、幸せな気持ちになる。

「おいしい……」

しみじみつぶやくと、セガールが柔らかな笑みを浮かべ、自分のカップを傾ける。

「こうして、一夜を共にした翌朝に、二人でコーヒーを飲みたかった。格別に美味いな」

しどけなくガウンを羽織り、寝癖のついた前髪が顔に垂れかかったセガールの姿は、無防備だがひどく色っぽくて、ドキドキしてしまう。

「一晩で、あなたはすっかり大人びた。とても魅力的だね」

セガールが、ソフィアと同じようなことを感じているのが、擽ったく嬉しい。

身体を重ねることで、一気に二人の間の距離が縮まったような気がした。

「昼には私は出立するが、後のことはバルツァー公爵官房長官に任せてあるから、彼の指示を仰ぎなさい。万事彼は了解しているから」

「はい……」

結婚したばかりなのに、しばらく会えないと思うと寂しくてならない。うつむいてコーヒーを飲みながら小声で言う。

「あの……無事にお戻りくださいね」

「うん」

思い切って付け加える。

「その……早く、帰ってきてください」

すると、セガールはカップを盆に戻し、素早くソフィアに口づけした。

「あ」

こつんとおでこをくっつけて、セガールが甘いバリトンの声で言う。

「視察を最速で済ませ、一足飛びであなたの下へ戻ってくるよ」

「はい」

二人は擽ったそうに笑みを交わした。

ソフィアは、この日のコーヒー味の口づけのことは一生忘れないだろう。

昼すぎにセガールは、騎馬兵団を率いて城を出立していった。おおよそ半月ばかりの遠征の予定だ。

ソフィアはこっそりと正門向きのベランダに出て、列の先頭を行くセガールの姿を見送った。

濃紺の軍服姿で真紅のマントをなびかせ白馬に跨ったその姿は、まるで彼こそが皇帝のように威風堂々としていた。

「道中お気をつけて」

胸の中でつぶやき、小さく手を振った。

すると、はるか遠方を進んでいたセガールが、すらりと腰の剣を抜くと、こちらを振り返って大きくそれを振ったのだ。

日差しが剣に反射して、キラリと光る。

ソフィアの姿に気がついていて、別れの挨拶をしてくれたのだ。

ソフィアは胸が熱くなってしまい、ベランダから乗り出して夢中で手を振った。

「いってらっしゃいませ！　無事にお戻りください！」

声の限りに叫んだ。

セガールは、その姿が丘の向こうに消えるまで剣を振りかざして答えてくれた。

午後、ソフィアの部屋をバルツァー公爵官房長官が訪れ、今後のソフィアの身の振り方について打ち合わせした。

第二皇太子妃になったばかりのソフィアには、まだ城内の様子も皇帝家の習わしも社交界での振る舞い方も、なにもわからない。

バルツァー公爵官房長官は、毎日のソフィアのするべきことを、わかりやすい表にしてくれていた。

「まずは、新しい環境に慣れることが第一です。そして、皇帝家の一員として、淑女としての嗜みをお勉強なさいませ。マナー、礼儀、語学、歴史、ダンス、ピアノ等、必要な教養を身につけるために、それぞれに一流の家庭教師をお付けいたしましょう」

ソフィアは、第二皇太子妃としての責任がずしりと両肩にのしかかってくる気がした。

「が、頑張ります……でも、私にできるでしょうか？　セガール様にふさわしい淑女になれるでしょうか？　セガール様の恥になるようなことだけは、したくないです」

自信なげにバルツァー公爵官房長官に訴えると、彼はにっこりとした。

「なにをおっしゃいますか。セガール殿下がお選びになったあなたなら、きっと素晴らしい第二皇太子妃になられますでしょう。もっとご自分を信じなさい」

「はい……」

励ましてくれるのはありがたいが、ソフィアはセガールに選ばれたわけではない。

たまたま、皇太子妃になり損ねた娘を押し付けられたのだ。

セガールがすべての事情を呑み込んで、ソフィアに優しく振る舞ってくれるのが、時々後ろめたい。彼の寛大な心に甘えきっている自分の頼りなさも、もどかしい。

これはもう、努力に努力を重ねて、自他共に第二皇太子妃にふさわしい女性になるしかない。

キッと顔を上げ、力んで言う。

「わかりました。バルツァー公爵様、私、精いっぱい頑張ります」

まだ笑みを浮かべたままのバルツァー公爵官房長官は、うなずく。

「その気持ちが大事です。でも、それはさておき――」

バルツァー公爵官房長官は、悪戯っぽく片目を瞑った。

「お若い新婚さんなのだから、うんと殿下に可愛がってもらいなさい」

「は、い……」

ソフィアは顔から火が出そうだった。

バルツァー公爵官房長官が辞去してから、ソフィアはテーブルの上に彼が万年筆を忘れていったことに気がついた。

侍女を呼ぼうと思ったが、自分で追いかけた方が早いと思い、万年筆を手にして部屋を出た。

廊下のとっつきにいるバルツァー公爵官房長官の姿を見つけ、声をかけようとした。

バルツァー公爵官房長官は、誰かと立ち話をしているようだ。

相手は身分の高そうな服装をした中年の貴族だ。

「官房長官殿、セガール殿下は無事視察に行かれましたか？」

「ええ法務大臣、向こう二週間の日程です。ご新婚なので、少し期日を短めに調整しました」

「――ああ、そのご結婚だが」

法務大臣らしい男は声を潜める。

「セガール殿下には、意中の女性がいたという噂だった。そのために、殿下は浮いた噂の一つもなく、ずっと独身を押し通していたと聞いていた」

ソフィアの心臓がどきんと跳ね上がった。

「だが、陸軍総司令官の地位と引き換えに、ニクラス殿下が婚約破棄した娘を妻に受け入れたというのは、本当かね？」

バルツァー公爵官房長官が、少し厳しい声で答えた。

「大臣、そのような根も葉もない噂を流すのは、セガール殿下の品性を貶めることになります。自重なされよ」

「ああ申し訳ない。ただの噂でございますよ」

法務大臣は、慌てて謝罪した。

ソフィアは息を詰め足音を忍ばせて、自分の部屋に戻った。

部屋のソファに倒れ込むようにへたり込んだ。

心臓が口から飛び出しそうにバクバクいっている。

おそらく、あの噂は真実なのだろう。

政事に熱意を込めて取り組んでいるセガールが、高い地位を約束されてソフィアを引き受けたということは、腑に落ちることだった。

それよりなにより、セガールには他に心寄せている女性がいたのだ。

だからセガールは、時折哀切な表情でソフィアを見つめるのか。

意中の女性を、ソフィアの後ろに見ているのか。

胸がぎゅうっと締め付けられ、ずきずき痛んだ。

新婚一日目にして、こんな辛い気持ちになるなんて。

「セガール様……」

ソフィアは侍女たちに気取られたくなくて、嗚咽を噛み殺した。

もうこんなにも恋しい。

こんなにも好きになってしまったのに。

夫婦になったのに、永遠に片想いなのだ。

ソフィアは両手で顔を覆い、絶望感に喘《あえ》いだ。

第四章　お城で爪弾きにされました

「では、本日のマナーの授業は終了します」

高齢の家庭教師が本を閉じた。

「ありがとうございました、先生」

ソフィアは深々と一礼する。

「いえいえ。第二皇太子妃様。たった一週間で、これほど完璧にお教えしたことを身につけられたことに、深く感服いたしました――では、また明日」

家庭教師が勉強室を出て行くと、ソフィアはすぐさま本を開き、今習ったことをおさらいした。

「失礼します」

扉をノックして、侍女が入ってくる。アデールだ。

彼女はニクラスの婚約を機に、彼の下を下がり、改めてソフィア付きの侍女として配属されてきた。

おそらくニクラスの愛人だった彼女は、婚約者のヴェロニカに叩き出されたのではないだろうか。ソフィアは少し複雑な気持ちだが、アデールのほうは、以前の反抗的な態度は影を潜め、粛々と自分の職務を果たしている。

「第二皇太子妃様、お昼はいかがなさいますか？」

ソフィアは少し考えてから答える。

「そうね、顔色をよくしたいので、卵料理を中心にお願いするわ。新鮮な果物も忘れずに」

「かしこまりました」

アデールが下がると、ソフィアはすぐに本に顔を戻す。

新婚一日目に、衝撃的な事実を知って、ひどく打ちのめされた。

でもだからこそ、ソフィアは強く心に決めたことがあった。

セガールにふさわしい第二皇太子妃になること。

自分の本当の気持ちを犠牲にしてソフィアを受け入れてくれたセガールに対し、せめてもの誠意を見せたい。彼に愛されなくても、足枷《あしかせ》になるようなことだけはすまい。

それがソフィアの矜持だ。

勉学にも美容にも励み、一刻も早くセガールにふさわしい妻になるのだ。

片想いを貫く覚悟とともに、それがセガールに対するソフィアの贖罪だと思った。

家庭教師たちが目を見張るほどの進歩は、ソフィアが寝る間も惜しんで精進しているからだ。


気持ちを決めてから、少しだけソフィアは自分が強くなった気がした。

昼食後も、次の外国語の授業に備え、分厚い参考書と首っ引きで教科書をさらっていた。と、部屋の外でなにやら言い争うような声が聞こえてきた。一人はアデールだ。

「第二皇太子妃様は、これから午後の授業でございます」

「かまわぬ。今日のソフィアの予定はすべてキャンセルだ」

セガールの声のようだが、視察の予定は半月だ。早すぎる。

ソフィアが椅子から立ち上がろうとするより早く、扉がばたんと押し開かれて、ずかずかとセガールが入ってきた。

髪はボサボサで、軍服も長靴も泥だらけだ。普段の颯爽《さっそう》とした姿からは想像もつかないが、激務から戻ってきたばかりだとはっきりとわかる。

「セ、セガール様？　ご予定は二週間ではなかったのですか？」

ソフィアは慌てて彼に駆け寄った。

「ソフィア」

やにわにぎゅうっと強く抱きしめられる。

「あ——苦しい……」

汗と埃の匂いがし、それがひどく色気を感じさせてソフィアの身体が熱くなる。

「あなたに早く会いたくて、夜を日に継いで視察を済ませてきた。一晩中馬を飛ばし、あなたの下へ戻ってきたのだ。部下たちは誰一人、私の速さに付いてこれなかったようだ」

「ま、まあ……」

そんな無茶なことをするなんて。

セガールはソフィアの髪に顔を埋め、深く息を吸う。

「ああ、あなたの香りだ。ソフィア」

彼の呼吸が荒く心臓の動悸が激しい。馬から飛び降りて、まっすぐここまで来たのだろうか。

胸が熱くなる。

セガールが顔を上げ、ソフィアの額や頬に口づけてくる。

「ソフィア、私のソフィア」

唇を奪われそうになり、慌てて押しとどめようとする。

「ん、ん、あ、ま……待って、セガール様。お疲れでしょう。とにかく、お着替えになって、湯浴みをなさってください。そ、それから……」

「待てない」

セガールがソフィアを軽々と横抱きにする。

「あっ」

そのまま寝室に歩き出すセガールに、ソフィアは身じろいで訴える。

「だめ、いけません……だ、あ、ん、んんっ」

強引に唇を塞がれ、声を失う。

行軍を続けてきたであろうセガールの唇はかさついて荒れていて、それで唇をざらりと撫でられると、なんだか異様に気持ちが昂《たか》ぶってしまう。

「んや……だ、め、ん、んぅ、んんんぅ……ん」

熱くぬるつく舌が口腔を掻き回してくると、心地よさに頭がぼうっとしてしまう。

だって本当は、ソフィアはセガールの帰りを待ち焦がれていた。

バルツァー公爵官房長官が意味ありげに、「お若い新婚さんなのだから」と笑った言葉の意味が身をもってわかる。

一度身体を繋げ、深い快楽を知ってしまったせいか、セガールを恋しいと思う気持ちに、抱いて欲しいという淫らな欲望がはっきりと混じっていた。

離れていると、よけいに自分の中の官能的な部分が刺激されて、夜な夜な下腹部の奥が妖しくざわついていた。

それは、セガールも同じだったのだろうか。

いやきっと、男性である分欲望はもっと直接的で激しいものだろう。

「……んぁ、ん、んんぅん」

深い口づけを仕掛けながら、セガールは片足で乱暴に寝室の扉を蹴り開け、ベッドの上にソフィアを投げ出した。

「あ」

起き上がろうとすると、セガールは毟《むし》り取るように自分の衣服を脱ぎ捨てていく。ばさばさと彼の足下に軍服が積み重なる。

出立したときよりも日に焼けて、精悍さの増した引き締まった肉体が露わになる。そして、彼の下腹部の欲望は、臍に届きそうなほど反り返っていた。

その荒々しい屹立の造形を目にした途端、ソフィアの子宮のあたりがつーんと甘く痺れた。だがまだ理性が勝っていて、シーツに尻を付けた格好で後ずさりする。

「セ、セガール様。ど、どうか、落ち着いて……」

「あなたが欲しいんだ。欲しくてたまらない」

セガールの声は熱に浮かされたように艶めいている。

彼はそのまままっすぐベッドに上がってくる。

身を翻そうとしたところを手首を掴まれ引き戻され、勢いでうつ伏せに組み伏せられるような格好になった。

「ソフィア、ソフィア」

スカートが大きく捲り上げられ、下穿きが引き裂くように剥ぎ取られる。

「あ、だめ、そんな、乱暴に……」

拒もうとすると、やにわにセガールがうなじに歯を立ててきた。

「つうっ……」

つきんとした痛みに声を上げるが、その噛んだ箇所を今度はぬるぬると舌が舐め回す。じんじん熱をもったうなじを舐められると、腰が浮くほど感じてしまう。

そのまま首筋から耳裏を、ねっとりと舌が這ってきた。

「はっ、あ、は、は……ぁ」

ぞくぞくした官能の痺れが背筋を走る。

感じやすい耳裏から耳殻を辿り、耳孔まで舌が犯してくる。

がさがさという舌の動く音が鼓膜を揺さぶり、その刺激だけできゅんと媚肉がうごめき、眩暈《めまい》をおこしそうだ。

「や、はぁ、だめ、あ、だめ……」

「可愛いね。あなたは耳が弱いのだね」

セガールは吐息で笑い、右手をソフィアの胸の下に滑り込ませ、少し乱暴に乳房を揉みしだいてきた。彼の大きな掌で、自在に形を変える乳房がくたくたに揉み込まれ、乳首がちりちり灼けつくみたいに凝ってくる。

「あ、ぁあ、だめぇ……ぁ」

口では拒んでいても、声色が艶めいてしまう。

セガールのもう片方の手が、露わにされた太腿を撫で上げ、柔らかな下生えに覆われた割れ目をまさぐってくる。ぬるっとセガールの指が滑り、痺れる快感が走る。

「あんんっ」

「もう、濡れている」

セガールが嬉しげにつぶやき、滲《にじ》んでくる愛液を指で受け、ソフィアの一番敏感な花芽に触れてくる。

触れられた途端、びりっと鋭い喜悦が駆け抜け、びくんとソフィアの腰が浮く。

「ひ、あ、あああっ」

「ここをこうされるのが、あなたは大好きだろう？」

濡れた指が小さな突起をころころと転がすと、強い刺激と快感に喉が開くような気がした。

「やぁ、だめ、そこ、しないで……あ、あぁ、はぁ……」

「いやもっとしてあげる。あなたがどうしようもなく乱れるのを、見たいんだ」

みるみる秘玉が膨れて、滑らかな指の動きが与える愉悦にソフィアは抗えない。ざらつく指の指紋すらわかるくらいに、陰核は官能の塊になり、もっとして欲しいというようにソフィアの両足がひとりでに開いてしまう。

服地を押し上げて尖りきった乳首を探り当てたセガールの指が、秘玉を撫でるリズムに合わせて先端を抉ってくる。

上下の蕾を同時に攻められると、きゅんきゅん媚肉が蠕動して、はしたないほど愛液が溢れてきた。

「は、あぁ、あ、だめ、あ、あぁ、やぁあん」

「なんて声を出すんだ、ソフィア。たまらないな、その声、もっと啼《な》かせたくなる」

セガールの指が二本に増やされ、ぷっくり膨れた花芯を柔らかく押さえ、小刻みに揺さぶってきた。頭が真っ白になるような快感が続けざまに襲ってきて、もう気持ちいいとしか考えられなくなる。もうやめて欲しいのに、もっとして欲しいような、相反する感情に翻弄されていく。

「あぁあ、あ、や、あ、そんなんしちゃ……あぁ、や、あ……あぁ、だめに……なっちゃう……」

啜り泣き混じりで訴える。セガールが耳朶を甘噛みしながら、誘うように言う。

「気持ちいいのだろう？　そう言ってごらん、ソフィア。正直に。気持ちいいだろう？」

花芽を揺さぶる動きがさらに繊細になり、腰骨全体が蕩けてしまうかと思うほど、感じ入ってしまう。がっくりと首を垂れ、本能のままに泣き叫んでいた。

「んんー、ん、あ、だ、め、あ、気持ち……いいっ」

「気持ちいいんだね、もっとして欲しい？　もっと気持ちよくなりたい？」

「いい、あぁ、いい、から、もう……あぁ、もうっ……もうっ……」

短い絶頂が続けざまに襲ってくる。視界がちかちかと青白く点滅する。

「や、やぁ、もうだめ、なの、もう、だめぇ」

首を振りたてて甘く啼くと、ふいに指が離れた。

「あ、あぁ……」

やっと強すぎる刺激から解放されたのかと思いきや、素早く身をずらしたセガールが、柔らかな双尻の肉を両手で掴み、むにゅっと左右に押し開いた。

「っ？」

なにをされるのかと思う間もなく、媚肉の狭間に男の熱い息遣いを感じた。

ねっとりと熱くうごめくものが、綻びきった花弁を這い回る。

一瞬なにをされているのかわからなかったが、すぐに、セガールの肉厚の舌がソフィアの濡れそぼった花弁を舐めているのだとわかった。

羞恥《しゅうち》と驚きに、腰を浮かせて逃げようとした。

「やっ、そ、そんなとこ、舐めちゃ……っ」

「いや、存分に舐めてあげる」

セガールのたくましい腕が、がっちりとソフィアの両足を抱え込み、動きを封じてしまう。

そして、震える花弁をぴちゃぴちゃと舐めしゃぶってくる。

「ん、くぅ……あ、はぁ、や、はぁ、はあ……あ」

興奮に充血し始めた秘玉を、ちゅっと音を立ててセガールの口腔に吸い込まれると、ぞくんと陰路の奥まで快感が走った。

「……はぁ、は、もう、許して……ぁ、ふぁ、あんん」

セガールが尖らせた舌先で滑らかに陰核を撫で回すと、ひっきりなしに甘やかな悦楽が下肢から迫り上がってきて、ソフィアの両足が自然と開いてしまう。

「甘露が溢れてくるね——なんて美味だろう。もっともっと味わわせてくれ」

セガール《せ》は熱に浮かされたような声を漏らし、鋭敏な秘玉を口唇と舌の腹で押しつぶすように、刺激してくる。

「あっ、あぁん、だめぇ、そんなにしちゃ、あ、だめに……」

内腿が快感にぶるぶる慄き、激しい尿意にも似た痺れが襲ってきて、うごめく媚肉が緩んでしまう。ソフィアは粗相をしそうな恐怖に、悲鳴を上げた。

「だめぇ、あ、なにか……あ、漏れそう……やぁ、お願い、もう……ぅ」

思わず腰を引こうとしたのだが、セガールがすかさず花芯の包皮を舌先で剥き下ろし、媚肉ごと扱《しご》くように吸い立ててきた。

深い快感に全身の毛穴が開くような気がした。

「ああっ、あ、だめ、あ、だめぇ、あ、なにか、出ちゃう……っ、ああっ」

目を見開き大きく唇を開いて、舌先を覗かせて喘いだ。

じゅわっと媚肉の奥から大量の熱い液体が溢れた。さらさらしたものがセガールの顔をびっしょりと濡らすのを感じた。

「……あぁ、やだ……あぁ、こんな……ひどい……どうしよう、恥ずかしい……」

感極まって粗相をしてしまったと思ったソフィアは、全身を桃色に染めてすすり泣く。

だがセガールは、平然と溢れた液体をじゅるじゅると啜り上げた。

「潮を吹くほど感じてしまった？　なんて素直で可愛い身体だろう」

「あ、やめ……汚い……っ」

「なにも汚くない――あなたが感じすぎてよすぎたから、潮を吹いてしまったんだ」

「し、お……？」

「そうだよ、ソフィア――奥はどうかな？」

濡れそぼった蜜穴に、セガールの骨ばった長い指が押し込まれた。

「んんっ、あ、あぁ」

セガールの指は、内側から押し開くように隘路を進み、天井を押し上げたり子宮口の手前を擽ったりして、ソフィアをこれでもかと感じさせる。

「あ、あぁ、も、あ、や……あぁ、あ」

こんなにも感じ入っているのに、蜜壺はまだ飢えて、セガールの指をもの欲しげに締め付けてしまう。

「すごい、指が食い千切られそうだ——もっと欲しいんだね？」

セガールの指は内壁を行きつ戻りつして、焦らすみたいな動きをする。

「やぁん、あ、もう、ああ、やだ……ぁ」

奥が疼いてどうしようもなくなる。

早く満たして欲しい。セガール自身が欲しくてたまらない。

「……あ、あぁ、セガール様……ああ、お願い……」

ソフィアは腰を淫らに振りたてて、悩ましい声を上げる。

セガールが誘うように蜜口の浅瀬で、指先をぐちゅぐちゅと揺さぶった。そこだけが燃え上がるように熱くなり、奥はますます飢えが増す。

「私が、欲しい？　達かせて欲しい？」

「んん……ん、あ、あぁ……ん」

ソフィアはたまらず、白い喉を反らせて声を上げた。

「ほ、欲しい……あぁ、欲しいのぉ……セガール様のが……」

卑猥な願いを一度口にしてしまうと、後はもう怒涛のように懇願してしまう。

「んんん、セガール様のがいいのぉ、熱くて太いもので、達かせて……お願い……っ」

尻を持ち上げ、セガールに見せつけるように両足を開くと、ぱっくり割れた花弁からとろりと愛蜜が糸を引いて滴るのがわかった。

「あぁソフィア」

セガールが感に堪えないような声を出し、身体を起こした。

「いい子だ」

セガールはソフィアの細腰を抱え込み、反り返った先端で蜜口をつついた。その硬い感触に、腰がぶるりと慄く。

「このいやらしい花弁に、私のものが欲しいのだね？」

「あ、はい、そう……挿入れて……いっぱい、いっぱい、ください……」

セガールが両手で秘裂をめいっぱい開いた。

「真っ赤に熟れて、とろとろだ、ソフィア。上の蕾までヒクついている」

「あぁ、いやぁん、もう、焦らさないで……」

慎ましい後孔まで晒してしまい、羞恥は興奮に拍車をかけてくる。

「いいとも、ソフィア。欲しいものを存分にやろう」

入り口にあてがわれていた昂ぶる亀頭が、やにわにずぶりと押し入ってきた。

「はぁあ、あああぁぁっ」

最奥まで突き上げられ、脳芯が真っ白に焼き切れるような快感にソフィアは猥りがましい悲鳴を上げ、全身を小刻みに震わせた。

瞬時に達してしまい、四肢に満ちる熱い快感に酔いしれる。

「く――ものすごい締め付けだ。危うく持っていかれるところだった」

セガールが深いため息をつき、ずるりと亀頭の括れまで引き抜くと、再び突き入れてきた。

「あ、はぁ、ぁああ、あぁ」

さらに絶頂を極め、ソフィアは悩ましく身悶えた。

「ああもう抑えられぬ、ソフィア」

セガールが獣のように低く唸り、激情のままがつがつと腰を穿ってきた。

「あぁ、あ、あ、すご……あぁ、達く、あ、またぁ……あぁ達くぅ」

つぎつぎと愉悦を上書きされ、ソフィアは思うさまに嬌声を上げ続ける。

「いいよ、ソフィア、あなたの中、気持ちよすぎる、堪らないよ」

セガールも心地よさそうにつぶやきながら、がつがつとがむしゃらに腰を打ち付けてくる。

太い血管が浮き出た肉胴が、秘玉を擦り上げながらごりごりと内壁を削っていく感触が堪らなく心地よく、ソフィアは両手でシーツをくしゃくしゃに握りしめ喘いだ。

膨れた陰嚢が媚肉に打ち当たる感覚も淫らでどうしようもなく、感じ入ってしまう。

「や、あぁ、そこ、だめ、あ、そこ……あぁ、悦すぎて……ぁあぁ」

「ここか？　ここが悦いのか？　そら、もっと乱れて、もっと感じて」

ソフィアの感じやすい箇所を、セガールの灼熱の先端が的確に抉ってくる。

「んんぁ、は、はぁ、ぁあ、ふぁあぁん」

全身が官能の塊になってしまったソフィアは、知らず知らずのうちに、セガールの抽挿に合わせて、自らも腰をうごめかせ始める。

拙いながらも、互いの快感をより深めたくて、セガールが腰を穿つリズムに合わせて、自分の尻を後ろへ突き出す。

「んんぁあ、あ、すごい……あぁ、感じちゃう……すごく感じちゃうの……ぉ」

さらに奥を突かれて、弾ける悦楽で頭が真っ白になった。

「ふ――またきゅうきゅう締まって――素晴らしい、ソフィア、素晴らしいぞ」

ぴったりと一体になった二人の律動は、互いをさらなる高みへ押し上げていく。

「あ、あぁん、すごいの、あぁ、も、だめ、あぁ、セガール様ぁ、もう……っ、もう、お願い、一緒に、一緒に……達って……」

快感の限度を超えてしまったようで、ソフィアは涙目になって肩越しにセガールを振り返り、切望する。

こちらを見つめ返すセガールの濡れた青い瞳が、同じ思いだと伝えてくる。

「ああ一緒に――終わろう、ソフィア、もう私も――出すぞ、出るっ――」

「あぁあ、あ、来て、来て……いっぱい、いっぱい、ください、あ、あぁっぁああっ」

セガールがソフィアの尻肉を引きつけ、最速で腰を叩きつけてきた。

「あ、あぁ、あ、だめ、あ、も、あ、ぁぁ、達く、あ、達くぅぅう」

ずずんとひときわ強い抽挿で、ソフィアの膣襞がびくびく痙攣しながら絶頂を極めると、その断続的な締め付けで、セガールの欲望も大きく弾けた。

びゅくびゅくと熱い飛沫が、ソフィアの子宮口に注ぎ込まれる。

「く――っ、ソフィアっ」

「あ――、あぁん、あぁあぁあ……あああぁ」

なにもかも満たされていく。

セガールの思いの丈をすべて出し尽くすように、何度か腰を打ち付けるたびに、感じ入ったソフィアの媚肉は強くイキんで男の欲望を搾り取ろうとした。

「は、はぁ……は、はぁ……ぁ」

強張った四肢から力が抜けていき、ソフィアは荒い呼吸を繰り返しながらぐったりとシーツの海に沈み込む。

「ふぅ――」

満足げに息を吐いたセガールが、ゆっくりと抜け出ていく。

「あ……ん」

白濁液と愛液が混じったものが、掻き出されてとろりと溢れ出た。

その卑猥な感覚にすら、甘く感じ入ってしまう。

「——ソフィア」

汗ばんだ額に張り付いた金髪を、セガールの指が優しく撫で付ける。

「あぁ……セガール様……」

顔だけ起こし、セガールの指に唇で触れ、そっと咥え込んだ。

口の中で、キャンディーを転がすように彼の指先を舐め回す。常に手綱や剣を扱っているセガールの指は無骨だが、とても男らしくてソフィアは大好きだ。ちゅうちゅうと、愛情を込めて指をしゃぶった。

「——ソフィア」

セガールは目を眇《すが》めて、されるがままになっている。

一本一本、丁寧に指を舐め終わると、大きな掌にすりすりと頬を擦り付けて甘える仕草をした。

セガールがしみじみした声を出す。

「あなたは、本当に可愛い」

褒められるとこそばゆく、少しだけ物悲しい。セガールが優しくしてくれるたびに、その言葉の背後に隠れている彼の密かな想い人の存在を感じてしまうのだ。

セガールが顔を寄せてきて、そっと唇を重ねる。

「ん……ふ、ん」

戯れのような触れるだけの口づけを繰り返しているうちに、次第にそれが熱を込めたものに変化していく。口唇を吸い合い、舌が絡まる。

「あ、ふぁ、あ、んんぅ」

情熱的な口づけの心地よさに我を忘れそうになって、このままだと再び身体を繋げてしまいそうな雰囲気になり、ソフィアは慌てて顔を引き剥がした。

「あ、や……セガール様、どうかもう、ゆっくりと湯浴みして、旅のお疲れを取ってください」

口づけを止めたセガールが、気がついたように言う。

「ああ、そうだな。あなたも汗をかいたろう?」

「いえ、私のことはいいですから……どうぞセガール様、浴室へ」

「うん」

おもむろに身を起こしたセガールは、そのままひょいとソフィアを横抱きにする。

「あ」

「では、一緒に湯浴みしよう」

「い、いえ、私は後で——そんな恥ずかしいこと」

明るい浴室であからさまに裸を見せるなんて、いたたまれない。

するとセガールがくすりと笑う。

「もう存分に、恥ずかしいことをしているではないか？」

「ま――」

ソフィアは顔を真っ赤にし、うつむいてしまう。

セガールはくすくす笑いながら、そのまま浴室へ直行してしまう。

うつむいた拍子に彼の下腹部に目をやると、そこがすでに勢いを取り戻しているのを感じ、ソフィアはますます赤面した。

セガールの昂ぶる欲望は、まだまだ尽きぬのだと観念した。

翌日の午後。

ソフィアはピアノの練習のため、楽器のある演奏部屋に向かっていた。城内に詳しいアデールが、案内役としてお伴に付いていた。

一階の長い廊下を進んでいると、向かいから来るぞろぞろと大勢の侍女を引き連れたヴェロニカと出くわした。廊下の中央を堂々と進んでくる様子は、すでに皇帝妃のような貫禄すらあった。

彼女は煌びやかな、虹色がかった桃色のドレスに身を包んでいた。例によって肉感的なボディを強調するような色っぽいデザインで、昼間から、少しはしたないのではと思うほどだ。

「あら、ソフィアさんではないかしら、奇遇ねえ」

ヴェロニカは甲高い声を上げた。

「ごきげんよう。ヴェロニカ様」

ソフィアは丁重に挨拶し、廊下の端に寄って、ヴェロニカたちの横を通りすぎようとした。

「あの方が、ニッキー殿下に婚約破棄されたソフィアさんよ。でも、すかさず第二皇太子殿下を捕まえるなんて、大人しそうに見えて、ずいぶんとずうずうしいわよねえ」

背中にこれ見よがしに揶揄する言葉を投げられ、ソフィアは屈辱に唇を噛んだ。

周囲の侍女たちがへつらうように含み笑いをする。

ソフィアは聞こえない素振りで、そのまま立ち去ろうとした。

するとヴェロニカが呼び止める。

「ねえ、ソフィアさん、お待ちなさいな。明後日、私の婚約祝いを兼ねて、社交界でも高名な紳士淑女をご招待して、お茶会を催す予定なの。第二皇太子妃のあなたにも、ぜひおいで願いたいわ。だって、先々、私たち義理の姉妹になるのですものね」

ソフィアは振り返り、笑みを絶やさないようにして答えた。

「嬉しいわ、ヴェロニカ様、ぜひお受けします」

するとヴェロニカがつんと顎を引いて、高慢そうに言う。

「そうそう、そういうへりくだった態度が寛容よ、ソフィアさん。あなたは私より位が低いんですからね」

ソフィアは頭に血が上りそうになったが、ヴェロニカがセガールの兄ニクラスの許嫁候補であることを思い出し、ぐっと耐えた。

セガールに迷惑をかけることだけは避けたかった。きっとヴェロニカは、未来の皇太子妃の座に有頂天になって節度を忘れているだけなのだろう。今後長く付き合っていくことになるのなら、ヴェロニカとの間に波風を立てたくなかった。

「じゃ、もう行くわ。私これから、ミルク風呂と全身マッサージでお肌に磨きをかけなくちゃ。ごきげんよう、ソフィアさん」

「ごきげんよう、ヴェロニカ様」

ソフィアはスカートの裾を摘んで深く一礼する。

ヴェロニカは尊大な眼差しでソフィアを一瞥すると、ドレスの裾を翻して、歩き出す。お伴の侍女たちも後に続いた。

廊下の角を曲がって一行の姿が見えなくなるまで、ソフィアは頭を下げ続けた。

その一部始終を、アデールが無言で見ていた。

夕方には、ヴェロニカの侍従から、お茶会への正式な招待状が届けられた。

封蝋には皇帝家の紋章である獅子の印章が押されてあって、まだ正式に婚約もしていないのに、ヴェロニカがすっかり皇太子妃気取りなのが伺える。

だが、そういうことをいちいち気に留めても仕方がない。ソフィアは丁重に返事をしたため、侍従に持たせた。

セガールとの晩餐の席で、ソフィアはヴェロニカからの招待の件を報告した。

視察から戻ってからずっと、セガールはどんなに忙しくても、欠かさず晩餐はソフィアと共にしてくれていた。

まだ城のしきたりや雰囲気に慣れないソフィアを気遣ってか、その日あったことを丁寧に聞き出して、いろいろ助言をくれる。一日中気を張って振る舞っているソフィアにとって、セガールとの食事の時間は、心からほっとする。

食後のひとときは居間に移動して、セガールの淹れてくれるコーヒーを飲みながら、他愛ない話に興じるのも楽しみの一つだ。

暖炉の側で、豹の敷物の上に寛いで座っているセガールに寄り添って座りながら、ソフィアは相談した。

「淑女たちを集めてのお茶会に、なにを着ていくか、と？」

「はい。どのようなドレスで出席するべきでしょうか？　ヴェロニカ様を引き立てるような、控えめなデザインがいいでしょうね？」

真剣な表情のソフィアに、セガールは慈愛のこもった眼差しを送ってくる。

「そうだな。ヴェロニカ嬢はなかなか気位の高いお人だと聞いているので、波風を立てないに越したことはないだろうな。派手な色合いは抑えたものにした方がいいだろう」

「はい、そうします」

「でもね」

セガールはそっとソフィアの肩を抱いて引き寄せる。

「あなたはたとえ襤褸《ぼろ》を纏っていようと、内面から滲み出る美しさは隠しようもない。あなたの光り輝くような魂の美は、どんな淑女もかなわないと私は思う」

ソフィアは耳朶まで血が上る。

外面の美しさを褒められるのも嬉しいが、心根を賛美されるのはことさらに心が昂ぶる。

セガールとソフィアの仲が、こうやって少しずつ近づいていくことも胸がときめく。

ソフィアはセガールの肩にもたれて、暖炉の熾火を見つめていた。

静謐で満たされた時間が流れた。

お茶会の当日。

ソフィアは飾り気のないデザインで落ち着いた濃い青のドレスに身を包み、お伴にアデールを付き従え、ヴェロニカの私室に向かう。

ヴェロニカは、ニクラスのプライベートエリアの全部の部屋を共有しているという。

ニクラスがヴェロニカを寵愛していることが、それだけでもわかる。

ヴェロニカ付きの侍従が、とっつきの貴賓室に案内する。

「ソフィア第二皇太子妃様、ご到着です」

侍従がそう先触れし、扉を開けてソフィアを中へ通す。

煌びやかな調度品で埋め尽くされた貴賓室の中央に、白いクロスを掛けた長いテーブルがあり、すでにずらりと着飾った紳士淑女たちが着席していた。

そのテーブルの一番奥、かなり美化したニクラスの肖像画を飾った壁面側の上座に、目も覚めるような真紅のドレス姿のヴェロニカが座っている。

広い部屋の隅では、皇帝家専用の楽団が心地よい曲を奏でている。すでに各自の前にお茶とお菓子が配られ、皆和やかにおしゃべりに興じているところだった。

ソフィアが入って行くと、ぴたりと会話が止んだ。皆が不躾に物珍しそうな視線を投げてくる。

ヴェロニカが素っ頓狂な声を上げた。

「あら、ソフィアさん、いらしたの？　あまりに遅いから、もう来られないかと思ったわ」

「え……？」

ソフィアは狼狽《ろうばい》を隠せない。

招待状に書かれた時間より早くに到着したはずなのに。

もしかしてヴェロニカ側が誤ったのだろうか。しかし、場の空気を悪くしたくなくて、急いで謝罪する。

「も、申し訳ありません。支度に手間取ってしまいました」

ヴェロニカは鷹揚な表情になる。

「まあ仕方ないわね。お早く席にお着きになりなさいな」

「失礼します」

見ると、空いている席は上座から一番遠い端っこだ。

第二皇太子妃であるソフィアの位からしたら、ヴェロニカの隣が妥当なはずだ。

だが、そこへ座るとなると、招待客全員を立たせて移動させることになる。

ソフィアは無言で末席に座った。

ヴェロニカが親切めかして声をかけてくる。

「ちょうど今、皆さんで最近観劇したオペラの話で盛り上がっていたのよ。ソフィアさんは、なにかご覧になられたかしら？」

その場の全員が、一斉にソフィアに視線を集めた。

ソフィアは小声で答える。

「い、いえなにも……」

城内にある小劇場では、毎日のようにオペラが催されているのは知っていたが、ソフィアは第二皇太子妃としての勉学に必死で、まだ娯楽になど興じる余裕がなかったのだ。

「あらあ、残念ねえ。まあ、今まで暮らしに困窮なさっていて、観劇なさる習慣がなかったようですから、仕方ないわね」

ヴェロニカの揶揄する言葉に、あちこちからクスクス笑いが漏れる。

ソフィアはうつむいてじっと屈辱に耐えていた。

もしかして、ヴェロニカはソフィアを衆人環視の中で恥をかかせるために、このお茶会を催したのだろうか。

いや、そんな邪悪なことを考えてはいけない。

ソフィアはひたすら、この時間がすぎることを念じていた。

ひとしきり、社交界の噂話の会話に花が咲く。社交界に通じていないソフィアは、発言のしようもなく、また彼女に話しかけてくる者は誰もいなかった。

ふいにヴェロニカがいいことを思いついたように、両手を打つ。

「そうだわ、淑女の皆様、ここで最新のアリアを一曲ずつ披露しましょうよ。殿方に、どなたの歌が一番素晴らしかったか、判定していただくの」

口々に招待客たちが同意する。

「まあ、面白いですわ」

「やりましょう、やりましょう」

「皆様の歌声を、ぜひ拝聴いたしたいですね」

ソフィアは背中に冷や汗が流れる。

ダンスとピアノのレッスンは受けていたが、まだ声楽まではとても手が回らなかったのだ。

アリアなどろくに知らない。

ヴェロニカはまるで、ソフィアのそんな状況を逐一把握しているようだ。

にこやかに周囲を見回したヴェロニカは、ソフィアに声をかけてきた。

「では、一番端の席から始めましょう。ソフィアさん、お願いするわ」

心臓がばくんと跳ね上がった。

「私、ですか……」

ヴェロニカがうなずく。

「そうよ、さあ楽団の前に出て。楽団の皆さんがお好きな曲を奏でてくれるわ。さあ、どうぞ」

促されて、おずおずと立ち上がる。

楽団の前に進み出て行くと、全員の視線が集まった。

どうしたらいいかわからず、棒立ちになった。

ヴェロニカが意地悪く急き立てる。

「どうなさったの？　早くお歌いなさいな」

「――」

晒し者にされ、ソフィアは恥辱で目の前がクラクラしてくる。

「シュッツガルド帝国の国歌を所望する」

突如、よく通るバリトンの声が室内に響いた。

全員が、はっとして息を呑んだ。

ソフィアは目を見開いた。

戸口のところに、セガールが立っていたのだ。

いつからそこにいたのだろう。

ヴェロニカの表情も強張った。

「ま、まあ、第二皇太子殿下。いつの間においでになられたのですか？」

セガールは落ち着いた物腰で答える。

「先ほどね。執務が早めに終わったので、我が妃の顔を見に参った次第だ」

うろたえたヴェロニカが侍従に命じる。

「急ぎ、殿下のお席を」

セガールは鷹揚に手を振る。

「いや、飛び入りなので私はここでよい。ヴェロニカ嬢、歌は国歌でもよろしいかな？」

ヴェロニカは即答した。

「無論でございます、殿下。国歌より秀でた歌などございません」

「では、ソフィア、国歌を頼む。無論、最後までだ」

遠くからでも、セガールの熱い視線が感じられた。それは大きな力となって、ソフィアの心を包み込むようだ。

ソフィアは楽団の指揮者に小声で告げる。

「では、国歌をお願いします」

指揮者がうなずき、おもむろに前奏が流れ始める。

ソフィアは深く息を吸うと、朗々と歌い始める。

『栄光なる我が祖国　シュッツガルド

神の守護の下　皇帝の威光は永遠なり

勇ましき民たちよ　偉業を讃えよ』

澄んだソプラノの歌声に、人々の表情ががらりと変わったようだ。

一番を歌い終えると、ソフィアはそのまま二番、三番と歌い続けた。

ソフィアが延々と歌い上げるうち、その場にいる者たちがざわつき、感嘆の声を漏らし始めた。

普段歌われる国歌は、二番までがせいぜいだ。

だが、実はシュッツガルド帝国の国歌は十二番まである。

それを最初から最後まで歌える者は、皇帝家でも数えるほどだ。

だが、ソフィアは淀みなく歌い続ける。ソフィアは十二番まで知っていたのだ。

荘厳な国歌独唱に、人々は片手を胸元に当て最敬礼の形になり、目を閉じて聴き惚れている。

『神よ　国家を守り給え
我らが皇帝の加護を永遠に』

最後の小節を歌い終わると、ソフィアは優雅に一礼した。

しーんと室内が静まり返っている。

ソフィアはわずかに不安になる。

だが、次の瞬間、割れんばかりの拍手と歓声が巻き起こった。

「素晴らしい！」

「ブラヴォー！」

「天使の歌声だ！」

次々と人々が立ち上がった。そしてそのまま拍手を続ける。

不機嫌そうに顔を歪めたヴェロニカ以外は、満場総立ちで賛辞を送ってくる。女性の中には、感極まって涙を流している者も多数いた。

ソフィアは全身が歓喜に熱くなる。

「ありがとうございます、皆様」

声を震わせて、礼を述べた。

ちらりとセガールを見やると、彼も大いに拍手をしてくれている。

「――素晴らしい国歌だった。この神がかった歌声なら、皇帝家もさらなる栄華を極めるだろう。諸君、我が妃への賛辞を感謝する――国歌を網羅する、皇帝家の一員になるということは、こういう心がけのことだ」

その言葉に、ヴェロニカが口惜しげにうつむいた。

人々が一斉に進み出てきた。

セガールが前に敬意を表して頭を下げる。

セガールはソフィアの前まで来ると、優雅に腕を差し出す。

「ソフィア、そろそろ約束の時間なので迎えに来た。ヴェロニカ嬢、せっかくご招待いただいたお茶会ではあるが、席半ばで退場する失礼を、お許し願えるかな？」

言葉遣いは丁寧だが、セガールの口調には有無を言わさぬ威厳が感じられた。ヴェロニカは顔を真っ赤にし、ぼそぼそと答えた。

「も、もちろんでございます。お忙しいソフィア様をお呼びたてして、申し訳ありませんでした」

セガールはソフィアを促す。

「では、参ろうか」

ソフィアは自分の手をセガールの腕に預け、横並びになった。

「それでは諸君、失礼する。どうか、そのまま」

セガールは堂々とした足取りで、貴賓室を後にした。ソフィアは夢見心地で誘われるままに付いていった。

廊下まで出ると、ソフィアはやっと我に返り、セガールに耳打ちした。

「セガール様、あの、お約束って、なんでしたっけ……？」

セガールはまっすぐ前を見たまま、小声で答えた。

「その場しのぎの嘘だ」

ソフィアは目を丸くした。生真面目な彼でもしれっと嘘をつくのだと、少し驚いた。

「ま、あ……」

ソフィアの手が絡んだセガールの腕に、きゅっと力が篭《こ》もった。

「あなたがヴェロニカ嬢の嫌がらせにあっていると、私の下へ侍女が知らせてくれてね。夫としては、妻の窮地を見すごすわけにはいかぬからな」

「侍女……アデールがですか？」

セガールがうなずいた。

「そうだ。アデールは、ヴェロニカ嬢の婚約のさいに、兄の下から追い出された身だ。彼女はヴェロニカ嬢に恨みを抱いている。だから、あえてあなたの侍女に付けたのだ。あなたになにかあれば、なんでも報告するように命じてある。彼女はあなたの味方だ」

アデールを召抱えたのはセガールだったのだ。

「……ありがとうございます。アリアが歌えなくてどうしようかと思っていました。でも、どうして国歌をリクエストして……？」

「国歌なら、誰でも知っているし歌えるだろう。それに、あなたが、最後の十二番まで国歌を歌えることは知っていた。皆の驚く顔も見たかったしな」

「え？」

セガールの前で歌ったことはないはずなのに、どうしてそんなことまで知っているのだろう。もの問いたげに顔を上げた。

セガールの目の縁が、わずかに赤くなっている。

「セガール様、なぜ……？　んっ……ん」

最後まで言わせず、セガールはやにわに廊下に飾ってあった女神の彫像の台座の後ろに、ソフィアを引き摺り込んだ。そのまま唇を塞いでくる。

彼は口づけを仕掛けながら、ささやく。

「窮地でも、あんなに堂々と歌い上げたあなたは、とても気高かったぞ——あの場にいた誰よりも、私が魅了されてしまった」

口づけが深くなり、舌を搦め捕られて強く吸い上げられ、背筋に甘い痺れが走る。みるみるソフィアの身体から力が抜けてしまう。

「んっ、だめ……ん、ふ、んんぅ……」

拒もうと首を振るが、背中に手を回されぎゅっと抱きしめられると、心地よさに全身が愽いてしまう。

聞きたいことがあったはずなのに、甘美な口づけに酔いしれて、頭の中が空っぽになった。

セガールはソフィアの甘い舌を存分に堪能しながら、先ほどのソフィアの歌う姿を思い出していた。

貴賓室の戸口に立って、ソフィアの歌う国歌を聞いているうちに、昔の甘く苦い思い出が頭の中を走馬灯のように蘇った。

――セガールが十三歳になろうとしている年のことである。

その年は、シュッツガルド帝国建国二百年に当たっていた。

皇帝家では、建国記念日の日に国中の主だった貴族を招待し、大々的な祝賀会を執り行った。

まだ皇帝は壮健で、セガールは父の玉座に並んで兄ニクラスと座っていた。

大広間には、次々と国内外の賓客が案内されてきて、玉座の前で入れ替わり立ち替わり、祝賀の挨拶をする。

各国の要人も多数招待に応じていて、セガールは自国の偉大さを目の当たりにし、皇太子として身が引き締まる思いだった。

セガールは一人一人に誠意を込めて挨拶に応えたが、ニクラスは退屈そうに時々あくびを漏らしていた。

招待客のほとんどが到着すると、皇帝の挨拶の後に国歌独唱となる。

あらかじめ選抜された歌の上手い令嬢が、皇帝の前で国歌を披露することになっていた。

「それでは、国歌独唱。ソフィア・クラウスナー公爵令嬢」

呼び出し係の声に、少し緊張気味だがきっぱりと返事をする少女の声がした。

「はいっ」

しずしずとした足取りで、玉座の前に一人の少女が現れた。

薄桃色のふんわりスカートが広がったドレスに身を包んだその少女は、世にも稀なる美貌で、期せずして人々の間からほおっという感嘆の声が漏れた。

まだ五、六歳といった幼さだが、艶やかな金髪を揺らし、色白のほっぺたを真っ赤にしてしゃんと背筋を伸ばした姿は堂々としている。

ソフィアという少女は、優雅に一礼した。

「このよき日に当たり、皇帝陛下に敬意を表して、国歌を歌わせていただきます」

鈴を振るような愛らしい声だ。

人々が起立し、胸に片手を当てて敬意を表する姿勢になる。

待機していた皇帝家専属の管弦楽団が、前奏をかなで始めた。

ソフィアは顔を上げると、深呼吸を一つした。そして滑るように歌い出す。

『栄光なる我が祖国　シュッツガルド
神の守護の下　皇帝の威光は永遠なり』

澄み切った美しい歌声だ。しかも、あどけない顔からは想像もつかない声量だ。

大広間にいるもの全員が、小さな少女の歌声に聞き惚れた。

それはセガールも例外ではなかった。

まるで天使のような歌声だ。

いや、声だけではなく姿も天使そのものだ。

この世に、こんなにも無垢で美しい存在があったのか。

セガールは胸がドキドキし、ソフィアから目が離せなかった。

彼女のエメラルド色の目は、まっすぐ玉座に向けられている。もちろん、皇帝に向けた眼差しなのだが、セガールは自分が見つめられているような気がして、頬が赤らむのを感じた。

ソフィアは国歌を十二番まで完璧に歌い上げた。

選ばれて皇帝の前で歌を披露するのだから、よほど練習してきたのだろうが、そんな感じは微塵も感じさせない。旋律がソフィアの身体から自然と流れ出すような歌い方だった。

最後まで朗々と歌い上げたソフィアは、ほっと息を吐いた。安心したのか、ぴょこんと可愛らしいお辞儀をする。

「見事な国歌だった、ご令嬢。感服したぞ」

皇帝は感に堪えないといったふうで、ソフィアに賛美の言葉を贈った。

その瞬間、ソフィアは花が開くようににこりと微笑んだ。

セガールは、汚れのない笑顔に、心が丸ごと持っていかれるような気がした。

ソフィアが退場し、来賓の祝辞が始まっても、セガールはまだぼんやりと少女のことを考えていた。

なんとか、声をかけたい。話をしたい。

その後の式次第は、ほとんど記憶にない。普段冷静沈着なセガールには、あるまじきことだった。

長々続く祝辞や挨拶がすべて終了すると、皇帝一家は午後の行事まで一旦退場することになっていた。その間、大広間内では飲み物が配られ、ダンス曲が流れ、来賓の人々はしばしの歓談の時間を楽しんだ。

セガールは皇帝とニクラスとともに、皇帝家専用の控え室に戻った。

皇帝は午後の次の行事に備え、小休止を取るために自分の部屋に引き上げた。

ニクラスはすっかり退屈してしまったようで、テーブルに出されていた菓子に手を出しながら、ぶつぶつ文句を言っている。

「堅苦しくて退屈で、疲れたな。僕はもう、式典に出ないぞ。セガール、お前代わりにやれよ」

「うん、わかった」

セガールは上の空で応えた。

皇太子たちの付き添い役で、控え室の隅の椅子に座っていたバルツァー公爵に、セガールはそわそわと近づいて、耳打ちをした。

「公爵、僕、少しそこらをぶらついてきてもいいか？　その——いろいろな国の来賓がいらしているから、興味深いんだ」

バルツァー公爵は寛大にうなずく。

「よろしいですよ。セガール殿下のことですから、お時間までにはお戻りになられることと思います。どうぞ、存分に見聞なさってください」

「ありがとう、公爵」

セガールは踵を返し、控え室を飛び出していった。

大広間には数百名の人々がざわめき、ひしめいている。

セガールはその間をすり抜けながら、ソフィアの姿を探した。

あの小さな少女に会って、なんと言えばいいのだろう。

歌が素晴らしかった、ドレスがよく似合っていた、とても気品があった、それからそれから――。

言葉がうまく浮かばない。

きょろきょろしながら大広間中を歩き回ったが、ソフィアは見当たらない。それに、会う人ごとに敬意を表されるので、それにいちいち応えていて、時間ばかりが経ってしまう。

午後の行事は、夜半までびっしりスケジュールが詰まっているので、この休憩時間を逃すと、あの少女は帰宅してしまうだろう。

気が急いて、焦りが募る。

中庭に出るベランダまで来ると、庭の薔薇の花壇の側に、見覚えのある薄桃色のドレスの少女がしゃがみ込んでいる。

「ああ、見つけたぞ。よかった」

セガールはホッとして、中庭に下りて行った。

ソフィアは背中を向け、なにか小声で歌っている。

『不思議だわ　こんな気持ち

初めてなの　これが恋なの？　私にはわからないの

だって　私は初心なのですもの』

幼い少女が歌うには少し大人っぽい恋歌だが、無垢な声質にぴったり合って、心に染み入るようだ。

心臓のドキドキがさらに昂まる。

セガールはソフィアの背後に立ち止まり、心を落ち着かせようと何度も深呼吸した。

軽く咳払いし、そっと声をかけた。

「あの──君」

「はい？」

ソフィアがパッと振り返る。

あどけなくも完璧な美しさに、セガールは声を呑む。

ソフィアは首を傾げて、なんの用だろうという顔でこちらを見ている。

「き、君の──」

セガールが言葉を続けようとしたときだ。

がさがさっと向こうの茂みが揺れて、真っ黒で巨大な獣が飛び出してきたのだ。

「あっ」

セガールはぎくりとする。城内に放し飼いにされている番犬の一頭だ。獰猛な大型犬で、不審者には容赦なく襲いかかるように訓練されている。

今日は式典で多数の部外者が訪れる。そのために、番犬たちは城奥の飼育室に閉じ込められているはずだ。だが、なにかの手違いで逃げ出したか。

熊ほどもある猛犬は、不気味な声で唸りながら、一直線にソフィアに向かって走ってくる。

大きく開けた犬の口から、鋭い牙と真っ赤な舌が覗いている。

セガールの方を向いているソフィアは、犬が迫って来るのに気がつかない。

「危ないっ」

セガールは咄嗟に飛び出し、ソフィアに覆いかぶさった。

「きゃあっ」

ソフィアが悲鳴を上げたのと、犬が飛びかかったのはほぼ同時だった。

セガールは自分の腕を振り回し、犬を追い払おうとした。

がぶりと、犬の牙がセガールの右腕に食い込んだ。

「ううっ」

激痛にセガールは呻《うめ》いたが、ソフィアをしっかりと自分の身体で庇《かば》った。

「ああっ、たいへん！　だれか、だれかあっ！」

セガールの身体の隙間から顔を上げたソフィアが、血まみれの彼の腕を見て、大声を上げる。

「皇太子殿下！」

色を失った警備兵たちがどっと駆けつけ、すぐさま犬を取り押さえた。

犬の口が腕から外され、ぽたぽたと血が滴る。セガールは痛みに気が遠くなった。

警備兵たちが、ソフィアからセガールを引き離す。

「大変だ！　セガール殿下がお怪我をなさった！　至急、医師を！」

警備兵たちは、上着で即席に作った担架にセガールを乗せ上げ、医務室へ向かう。

「殿下、殿下、聞こえますか？　お気を確かに、殿下！」

声をかけてくる警備兵に、セガールは消え入りそうな声で答える。

「だ、大丈夫、だ。僕は、大丈夫——あの子は？　あの子——」

必死で顔を上げ、ソフィアの姿を探す。

彼女は他の警備兵に抱き上げられ、わんわん泣いている。ソフィアは無事のようだ。

「ああ、よかった——」

ホッとした途端、意識を失ってしまった。

気がついたときには、すでに翌日になっていた。

医務室に、バルツァー公爵が付ききりで待機してくれていた。

目を覚ましたセガールは、バルツァー公爵からその後の次第を聞いた。

祝賀会は、セガール抜きで滞りなく終了したという。結局ニクラスが臨席することになり、始終文句を言っていたというが。

ソフィアは傷一つなく、無事両親と帰宅したという。

セガールは心から安堵した。

噛み傷は深かったが、命に関わるものではなかった。若い彼はみるみる回復し、腕に異常も出なかった。ただ、抉れたような傷跡だけは残ってしまった。

でも、その傷跡はソフィアを守った勲章だ。

セガールは傷跡を見るたびに、ソフィアのことを思い出した。

密かに調べさせると、その後程なく、クラウスナー公爵家は当主が多額の借金を背負って死去し、家は没落し残された家族は苦境に喘いでいるという。

母親は病弱で、娘のソフィアが家の切り盛りを一人で引き受けているらしい。

世の中の汚れをなにも知らないようなあの少女が、清貧に甘んじて苦労している。

セガールの胸が掻き毟られた。

なにか彼女の力になれないか。

いきなり皇太子が援助を申し出るわけにもいかない。

それで、匿名の篤志家のふりをして、自分個人の資産から、毎月ソフィアの家に無記名の小切手を送ることにした。

好きなだけ金額を書き込めるようにしたのに、ソフィアはいつも母の治療代と薬代分しか使わない。その気高い気持ちに、セガールはますます彼女に心惹かれた。

今はまだ、自分もソフィアも年少だ。

セガールは、いつか自分が立派に成人した皇太子として成長したら、ソフィアを妻にするべく迎えに行こうと決意した。

密かにソフィアの動向を見守りつつ、文武に励み自分を磨くことに努力を惜しまなかった。

年月がすぎ——。

ソフィアはたおやかで美しい娘に成長し、セガールは心ときめかせ、彼女に自分の恋情を告白する日を待ちわびていたのだ。

それが——。

皇帝の体調が日ごとに悪化し、まともに政務につけぬ状態となった。

二人の皇太子が父の代理で政務を取ることになった。が、ニクラスがまったく業務を果たそうとしないので、実質はセガールがほとんど一人で、引き受けていたと言っていい。

激務に追われ、なかなかソフィアへの行動が起こせないままだった。

そこに、病床の皇帝から、ニクラスとソフィアの許嫁候補の勅命が下されたのだ。

セガールは激しい衝撃を受けた。

おそらく、先が長くないと覚悟した皇帝は、ニクラスに次期皇帝としての自覚を促すために結婚させようと思案したのだろう。たまたま、候補の公爵家の中に年頃の娘がソフィアだけだったというのが、不運であった。

ずっとずっと想い続けてきた女性が、兄と結婚してしまう。

セガールは、この世の終わりのような絶望感に襲われたのだ。

「はぁ……あ、セガール様、私、もう立っていられない、です……」

口づけに酔いしれたソフィアが、濡れた眼差しで見上げてくる。

セガールは愛しさと情欲で、眩暈がしそうだった。

「そうか、では私が抱いて行ってやろう」

ソフィアを横抱きにする。

華奢なソフィアは羽みたいに軽い。脆いガラス細工人形のようだ。

それでいて、芯はしなやかでとても強い。

「あ、やあ、皆が見ます。恥ずかしい……」

ソフィアは赤面して、セガールの胸に顔を埋めてしまう。そんな仕草も可愛らしくて愛しくてならない。

一生愛し守ってやらねば、と心に強く思う。

彼女の柔らかな肉体の感触に、下腹部の欲望がかあっと熱く燃え上がる。

「——今すぐ、抱きたい」

耳元に顔を寄せて小声でささやくと、小さな耳朶がみるみる真っ赤に染まった。

可愛すぎる。

セガールはソフィアを抱いたまま、早足で自分たちの部屋のある棟へ向かった。

寝室へ直行し、ベッドの上に投げ出すようにソフィアを寝かせ、彼女の上に馬乗りになる格好でドレスを剥いでいく。

「……あ、だめ、こんな昼間から……」

ソフィアが恥じらって弱々しく抵抗を試みるのも、興奮に拍車をかけるだけだ。

「秘め事は、夜だけではないのだよ」

あっという間に全裸に剥いてしまう。

「あ、いやぁ」

ソフィアはぎゅっと目を閉じた。セガールはまじまじとソフィアの裸体を鑑賞する。

折れそうな白い首、美しい曲線を描く鎖骨、手足はすんなりと細い。だが、乳房は十分成熟していて、たわわに実る白桃のよう。赤く色づいた乳首は、緊張と興奮で早くもツンと尖ってきている。腰や太腿はむちむちと脂が乗り、最初に抱いたときよりもずっと色っぽくなった。

男の自分とはまるで違う、神が丁重に手を加えた繊細な造形物のようだ。

「ああ、明るいところで、そんなに見ないで……」

ソフィアが声を震わせる。彼女にその気はないのだろうが、恥じらうほどにセガールを誘惑してくる。

「——ソフィア」

セガールは上着を脱ぎ捨て、ソフィアにのしかかり、腰を抱いて喰らい付くような口づけを仕掛けた。

「んっ、ん、んんぅ……」

ソフィアの舌は甘くて、いくら味わっても尽きない。艶かしい鼻声が頬を擽り、セガールの劣情をさらに煽《あお》ってくる。

性急に乳房を揉みしだき、凝ってきた乳首に触れると、ソフィアの身体がぴくりと慄いた。彼女は乳首がとりわけ敏感で、この頃ではその刺激だけで軽く達してしまうほどだ。

両手で乳房を包み、薄桃色の小さな乳暈ごと乳首にむしゃぶりついた。

「あ、ん、あ、あぁっ」

ちゅうっと音を立てて乳首を吸い上げると、ソフィアの喘ぎ声が甲高くなる。

口腔の中でころころと乳首を転がし、そろそろと脇腹を撫で、太腿の狭間に手を下ろしていく。内腿を撫で回すと、両足がしどけなく開いてくる。

和毛の奥の割れ目に、優しく指を這わす。すでにそこはしとどに濡れて、指がぬるりと滑った。

「あっ、ん」

花弁を撫でられて、ソフィアはびくんと腰を浮かせた。

蜜口に指を押し込むと、そこは熱く熟れて、くちゅくちゅと掻き回せば、さらに愛蜜を吹き出してくる。

「んん、は、はぁ……ん、はぁ、ああん」

色っぽい嬌声が、ソフィアの赤い唇からひっきりなしに漏れる。

濡れそぼった媚肉がひくひく震えて、セガールの指をさらに奥へと誘おうとする。

「ソフィア、もう挿入れるぞ」

セガールは堪えきれなくなり、衣服を緩めるのももどかしく、ずらした下穿きから勃起した男根を掴み出し、性急に身体を重ねた。

腰を落として、ぬくりと割れ目の狭間に先端を押し込む。

「はあっ、ああっ……っ」

感じ入った喘ぎ声が、セガールの耳を擽る。

熱くぬるぬるした膣壁は、待ち焦がれたようにセガール自身を包み込み、最奥まで突き入れると、柔襞が吸い付いてくる。

「ああソフィア」

根元まで収めたセガールは、しばしソフィアの中の感触を楽しむ。

まだ動いてもいないのに、熟れ襞はうねうねと蠕動し、断続的に肉胴を締め付けてくる。あくまで蕩けそうに柔らかいのに、うねりは力強く、その動きはとても心地よい。

この瞬間が、セガールはとても愛おしい。

愛する女性と一つに繋がって、彼女がせつなげに悦びを訴えてくるこの刹那、心地よすぎて天国のようだ、と思う。

「はぁ、あ、セガール様の、大きくて、びくびく、してるぅ……」

ソフィアの閉じた瞼がかすかに震え、半開きの唇から感じ入った声が切れ切れに漏れる。

こんな妖艶な表情のソフィアを知っているのはセガールだけだ。

誰も、ソフィアがこんなにも感じやすく官能的で、卑猥ですらあることなど知らない。

自分だけ、自分だけが独り占めできる。

至上の悦びと満足感を、セガールはじっと味わう。

すると、ソフィアの媚肉が焦れたようにきゅうきゅうと締め付けてくる。

「ん……ん、は、はぁ……」

無自覚に、さらなる快楽を求め内壁がうごめく。

その淫らな様も、素晴らしい。

「ソフィア、ソフィア」

セガールはおもむろに腰を揺すり、ゆったりとした動きで抽挿を開始する。

「あ、あぅ、あぁ、あぁ……っ」

彼女のどうしようもなく感じてしまう箇所を狙いすまし、ぐいぐいと亀頭の先端で突き上げてやると、喘ぎ声が尻上がりに高くなる。

「はあっ、あ、そこ、あ、だめぇ、あぁ、やぁ、だめ、あぁん」

感じすぎるのを恥じらうように、いやいやと首を振る様子も幼子のようで、可愛らしくて堪らない。

「ここが好きだろう？　ここか？　もっと奥がいいか？」

セガールはソフィアの反応を伺いつつ、腰を繰り出していく。

ぬるつく柔襞に肉茎が擦れる快感は、腰が蕩けてしまうほどに気持ちよい。

抱くごとに、ソフィアの快感の度合いは強まる。そして、感じやすい箇所も増えていく。

まるで、宝探しのようだ。

そして、その宝は自分だけのもの。

こんなにも愛している。

だが、そう告げる勇気がないままでいる。

ニクラスの婚約破棄につけ込んで、ソフィアを掻《か》っ攫《さら》って自分のものにした。

本当は、気持ちを告白し、互いを知り心を近づけて、手順を踏んでからソフィアに求婚するつもりだった。

そこをすっ飛ばしてしまった。

おそらく、心優しいソフィアは病弱な母のために、払い下げられた不名誉な結婚を受け入れたのだろう。

セガールに対し彼女が誠実なのは、神の前で誓約を交わした夫だからだ。

決して恋人だからではない。

心の中で、自分を翻弄した皇帝家を恨んでいるかもしれない。だが、心優しい彼女は、決してそんなそぶりは見せない。そんなソフィアが痛々しい。

どんなに身体を重ね、快楽を深くしても、ソフィアの心の中に薄い壁があるように思えた。

それは、セガールを愛していないからだ。

こんなにも深く身体を繋げ、快楽を分かち合っているのに、心は遠い。

ソフィアの気持ちが掴めない。

セガールの胸の中に苦いものが広がる。

いつか、ソフィアに愛してもらえる日が来るだろうか。

その日まで、いつまでもセガールは待とうと決意していた。

——屹立を深々と突き入れたまま、捏《こ》ね回すように腰を使うと、ソフィアはどうしようもない快楽に身悶え、甘くすすり泣いた。

「……っ、あ、い、いぁ、あ、はぁ、ああぁっ」

もはや我を忘れて、与えられる悦楽を貪るソフィアの姿は、ぞくぞくするほど淫らで美しかった。

「気持ちいいか？　もっとか？　もっと欲しがれ、ソフィア」

セガールは力強い律動を繰り返しながら、ソフィアをさらに乱そうとする。

「ひ、ぁ、あ、い、いい……の、気持ち、いい……ぁ、あ、もっと……」

快楽に翻弄され、素直に欲望を口にする姿はセガールだけが知っている、ソフィアのもう一つの素顔だ。官能の渦の中でだけ見せる、彼女の剥き出しの感情が愛しくてならない。

互いに快楽を与え合うこのときだけが、嘘偽りのない男と女になれる。

最奥に切っ先を埋め込み、ぐっぐっと力を込めて打ち付けると、もはや感じすぎて声もかれ果てたソフィアは、口を大きく開けてひいひいと掠れた悲鳴を漏らすのみだ。

にわかに奥がぎゅうっと吸い付き、小刻みに収縮を始める。

そして、ソフィアの背中が仰け反り全身が強張ってくる。

絶頂が近いのだ。

「あ、あぁ、あ、も、もう、来るっ……あ、達っちゃう、達く……っ」

ソフィアの身体がぴーんと硬直し、内壁が強く収斂し、セガールの肉棒を締め付けた。

食い千切られそうな収縮に、快感が一気に高まり目が眩んだ。

「く──ソフィア」

腰に溜まった熱が、先端に勢いよく走っていく。

もはやその激流を止めるすべはない。

「っ、は、あ――」

どっと白濁の欲望が、ソフィアの中に解き放たれる。

頭が真っ白になるような深い悦楽に、セガールは目を閉じて深い息を吐いた。

ソフィアはびくびくと腰の痙攣を繰り返し、半開きの唇から声なき声を漏らす。

程なく、ソフィアの身体から力が抜けた。

「は、あぁ、はぁ……」

快楽の余韻にぼうっとした表情で、忙しない呼吸を繰り返すソフィアの様子を堪能しながら、セガールはゆっくりと腰を引く。

力を使い果たしたはずなのに、膣壁だけはきゅうきゅううごめき、セガールの肉茎を離すまいとするようにまとわりついてくる。

その猥りがましい動きに抗いながら、萎えた陰茎を引き摺り出す。

ぽかりと開いた真っ赤に腫れた媚肉のうろから、粘つく白濁液が溢れ出し、その壮絶に卑猥な眺めに、セガールは生唾を飲み込む。

「……ぁ、あぁ、セガール、様ぁ……」

ソフィアが潤んだ瞳で見上げてくる。

その愛らしい表情に愛しさが溢れて、セガールはそっと顔を寄せて濡れた唇を重ねる。舌を押し込み、溢れる唾液を送り込んでやる。

「ん……ん、んぅ」

長い間砂漠を彷徨っていた人のように、ソフィアはセガールの与える唾液を嚥下《えんげ》し、美味しそうに喉を鳴らした。

欲望に素直なソフィアの仕草は、セガールの胸を掻き毟る。

ソフィアに対する愛おしさが溢れて、涙が零れそうになる。

同時に身体は奪えても、心まで奪えない寂寥感がじわりと込み上げた。

こんなに恋い焦がれこんなに近くにいるのに、ソフィアに伝わらない焦燥に、セガールはどうしていいかわからないままだった。


数日後のことだ。

午前中の授業を終え、ソフィアは私室で母への手紙を綴っていた。

セガールが付けてくれた看護婦とかかりつけの医師のおかげで、母の健康状態はぐっと上向きになっているという。本当は顔を見に飛んで行きたい。

だが、結婚してからずっとばたばたとしていて、まだ一度も見舞いにも行けないでいる。第二皇太子妃という立場上、行動の自由がない。その代わり、毎日母へ手紙を書いた。心配をかけないよう、少し誇張して幸せな新婚生活の様子を綴っては届けていた。

そこへ、アデールが来客を告げに現れた。

「第二皇太子妃様、ご面会でございます」

「え？　私に？　そんな約束は入っていたかしら」

身に覚えのないソフィアに、アデールはさらに言葉を続ける。

「どうぞ。一階の中庭の離れで、お待ちでございます」

「離れ？」

客間でなく、なぜそんなところにと思うが、アデールがそれ以上は口を閉ざしてしまったので、仕方なく立ち上がった。

「参りましょう」

アデールの先導で、中央の螺旋階段を下り、中庭へ出る。

ここはいつも四季折々の花が咲き乱れ、しかもひと気がなくて静かである。

なにかとソフィアの思い出もある場所で、城内でもお気に入りの一つだ。

中庭の噴水の近くに、小さな離れがある。

かつては貴賓室として使われていたこともあったようだが、今は閉鎖されているはずだ。

だが、離れに近づくと、全体が新築同然に改築されており、門前を護衛兵が守っている。

アデールがソフィアの訪れを告げると、護衛兵たちが恭しく扉を開けてくれる。

中は綺麗に掃除され、窓ガラスもカーテンも絨毯も新品に換えられてあった。廊下のとっつきの部屋の扉を、アデールがノックする。

「ソフィア第二皇太子妃様、お着きです」

アデールは自分で扉を開け、ソフィアを招き入れた。

「どうぞ、ごゆっくり」

「え、ええ」

戸惑いながら部屋の中に入る。

白を基調とした明るく風通しのよい部屋の窓際に、大きなベッドが置かれて、そこに一人の女性が半身を起こして寝ている。

女性が柔らかく微笑んだ。

「ソフィア」

ソフィアはあっと声を上げてしまう。

「お母様!?」

まぎれもない母だ。

最後に見たときよりずっと顔色が明るく、肉付きもよくなっていた。

「あ、ああ、お母様！」

ソフィアはだっと駆け寄った。

「ソフィア、会いたかったわ」

母が両手を広げた。

「お母様、お母様」

ソフィアは母の胸に飛び込み、ぎゅっと抱きついた。

懐かしくて嬉しくて涙が零れてくる。

「ああお元気そうで、よかった。毎日毎日、心配していました」

母はソフィアの背中を優しく撫でさする。

「あなたは——少し痩せたみたいね。慣れない皇帝家の暮らしで、いろいろ苦労しているのでしょうね」

思い遣り深い言葉に、幼子のようにそのまま声を上げて泣きたかったが、涙を呑み込んで首を振る。

「いいえ、いいえ、なにも辛いことなどありません。セガール様には、とても大事にしていただいております」

「そのようね——実はね、今日から私はここで暮らすことになったのよ」

「え？」

「セガール殿下が、お前のそばにいた方が病気の治りが早いだろうと、わざわざここを改造して、私の住まいにしてくださったの。ここなら、皇帝家かかりつけの医師も、通ってこられるしね」

「セガール様が？」

ソフィアは目を見開いて、顔を上げた。

母が慈愛のこもった表情でうなずく。

「ええ。私にもとても気遣ってくださって、毎週心のこもったお見舞いの手紙をくださったわ。私の体調が落ち着いたら、お城に来るようにとおっしゃられて――なんてありがたいことでしょう」

「そうだったのですね」

セガールへの感謝で、ソフィアの胸が掻き毟られるように甘く疼く。

少し疲れが出たらしい母を、ソフィアは横にさせながら、声をかけた。

「これで、毎日、お母様に会いにこれます」

すると母は少し表情を厳しくした。

「いいえ、ソフィア。あなたは一国の第二皇太子妃。自分のことは後回しで、セガール殿下を支えなさい。こんなに近くにいれば、いつでも会えるわ。母はその方が嬉しいわ」

ソフィアは母の言葉にハッとして、深くうなずいた。

「わかりました、お母様。でも、毎日使いをよこして、お具合を伺わせますわ」

母がにっこりする。

「そうね。そして、時間があれば、お前の歌をまた聞かせてちょうだいね」

「もちろんですわ」

二人は再び抱き合い、再会を喜び合った。

離れを辞去すると、アデールと自室に戻る途中で、ソフィアは止むに止まれぬ衝動に突き動かされる。

「アデール。セガール様の今のご予定はわかる？」

アデールは即座に答える。

「このお時間は、おそらく執務室でお仕事中だと思います」

ソフィアは一瞬だけ迷ったが、次の瞬間、ぱっと走り出す。

「あ、第二皇太子妃様？」

ソフィアは肩越しにアデールに声をかける。

「すぐに戻るわ」

スカートをからげ、夢中になって階段を駆け上る。

セガールの執務室は、城の二階の政務関係の部屋が集まっているフロアだ。

廊下を行き交う政治関係者が、息を切らして走るソフィアの姿を、驚いたように見ていくが、少しも気にならなかった。

執務室の扉に辿り着くや、忙《せわ》しなくノックする。

「セガール様、セガール様」

「けたたましいな。殿下は執務中であられるぞ」

内側から扉を開いたのはバルツァー公爵官房長官で、彼は息を切らしているソフィアの姿に目を丸くする。

「おや、第二皇太子妃様ではありませんか」

ソフィアはバルツァー公爵官房長官の脇をすり抜け、部屋の中に入り込む。机に向かっていたセガールが、驚いたように顔を上げた。

「ソフィア、どうした？」

彼の姿を見ただけで、ソフィアは胸がいっぱいになって泣きそうになる。

「セガール様……私、私……」

声を詰まらせていると、バルツァー公爵官房長官が気を利かすように言う。

「殿下、ちょうどきりがいいので、休憩を挟みましょう。私は半刻ほど下がります」

彼は一礼して、素早く執務室を出て行った。

背後で扉が閉まるや否や、ソフィアは声を振り絞った。

「セガール様、ありがとうございます、ありがとうございます……」

セガールがゆっくりと立ち上がり、微笑んだ。

「あなたのお母上の件か。できるだけ早く、城にお招きしたかったんだ。あなたが毎日、お母上を心配して、手紙を書いているのは知っていた。これで、あなたもお母上も心安らかになるだろう？　体調が落ちつかれたら、手術の手はずも整えてさし上げよう」

彼は母への手紙のことを承知していたのだ。ソフィアはとうとう堪えきれず、ぽろぽろ涙を零してしまった。

「嬉しいです……嬉しい、嬉しい……」

もっと感謝の言葉を伝えたいのに、うまく言えない。

セガールが近づいてきて、そっとソフィアを腕の中に囲い込み、涙で濡れた頬にちゅっと口づけをする。

「あなたの一番大事なお方だからね。あなたに喜んでもらえてよかった」

しみじみとつぶやいた彼は、ソフィアの唇にも触れるだけの口づけを繰り返す。

「セガール様……」

ソフィアは広い胸に顔を埋め、甘えるように頬を擦り付ける。

するとセガールは強く抱きしめて、ソフィアの髪に何度も口づけした。

それだけで、ソフィアの全身が甘く痺れ、とろとろに蕩けてしまいそうになる。

母はもちろん一番大事な人だ。でも、同じくらいにあなたが大事なの。

そう胸の中でつぶやく。

愛している。

溢れる想いを伝えたい。

でも、口に出す勇気が出なかった。
ただ二人は無言で抱き合っていた。

第五章　離婚してください

ソフィアが第二皇太子妃となって、三ヶ月がすぎた。

セガールから、そろそろ公の結婚披露宴を行おうという申し出があり、ソフィアはその準備に追われていた。

第一皇太子ニクラスももうすぐ婚約する手前、第二皇太子らしくあまり派手で仰々しい式は避け、慎ましくも人々の心に残るような結婚式にしようと、ソフィアとセガールは話し合って決めた。

ソフィアは、結婚式の招待状を全部手書きにすることにした。膨大な人数になるが、一枚一枚心を込めて書くことが祝ってくれる人々への感謝の気持ちになると思った。

その日、最初の一枚目の第一皇太子とヴェロニカ宛の招待状を書き終えたソフィアは、封蝋を押してからじっと考えた。

あのお茶会の一件以来、ヴェロニカはソフィアを完全無視の姿勢を取っている。

自分が将来の皇帝妃であると喧伝《けんでん》したいのか、ヴェロニカは社交界の人々を大勢招いて、しきりにお茶会や舞踏会、晩餐会などを催したが、ソフィアにはまったく声がかからないでいた。

　それが不満ということはなかったが、皇太子の妻同士が折り合いが悪いのは、先々、皇帝家のためにならないと、ソフィアは懸念していた。

　ここで一度、ヴェロニカと胸を開いて話をする方がいいだろう。

　ソフィアは招待状を手にして、立ち上がる。

「アデール、これからヴェロニカ様のお部屋にお伺いして、この招待状をお渡ししてくるわ」

　アデールが不可解そうな顔をする。

「侍従に託せばよろしいのでは？」

「いえ、大事なものだから、私が行ってきます」

　アデールはそれ以上は言い募らず、ソフィアのお伴に付き従った。

　渡り廊下を進み、向かいのニクラス皇太子の棟に入る。

　いつもは多すぎるほどの護衛兵が控えている廊下に、ひと気がない。

「あら、ご不在かしら？」

　ソフィアは首を傾けながら、ヴェロニカの私室の扉を軽くノックする。

　反応がない。しかし、内側からは賑やかに騒ぐ人の声が聞こえる。

「ヴェロニカ様？　おいでですか？」

ソフィアはそっと扉を薄く開いた。

むっと酒と煙草の匂いがする。

男女の歓声にジャラジャラと金属音が入り混じる。

「いやあ、負けた負けた、ウンガー伯爵。よし、今度こそ勝つぞ」

「ニッキー殿下、今度こそ大勝ちしてくださいね」

居間のテーブルを囲んで、寛いだ格好のニクラスとヴェロニカ、それと数名の貴族たちがカードゲームに興じていた。テーブルの上には、酒のグラスや煙草の吸いさし、そして大量の金貨が山と積み上げられている。

「っ⁉」

ソフィアは我が目を疑い、息を呑む。

ニクラスが勝負相手の前に金貨を一掴み積み上げる。

「五千ソル賭けよう」

「では殿下、私も五千ソルで」

相手の貴族も同じくらいの金貨を、ニクラスの前に置いた。

彼らはカードゲームに夢中で、ソフィアのことに気がつかない。

ソフィアは心臓がバクバク言い出す。

彼らは現金を賭けてカードゲームをしている。

シュッツガルド帝国では、賭け事は法律で禁じられている。とりわけ、現金をやり取りすることは厳罰に処せられる。

それなのに、皇太子自らが現金を賭けて遊んでいるのだ。ソフィアは驚きと怒りが同時に込み上げた。

皇帝家の財は、すべて国民の血税から出ている。

それを賭博に使うなど、もっての他だ。

日頃、国民のために、税金を無駄に使わないようにと苦心惨憺《さんたん》しているセガールの姿を見ているソフィアは、生まれて初めて感情を逆撫でされた。思わず声を上げていた。

「殿下――なにをなさっておいでですか？」

カードゲームに夢中になっていたその場にいた者全員が、ぎくりと動きを止めた。

胸元の開いた婀娜《あだ》っぽいシュミーズドレスでニクラスにしなだれかかっていたヴェロニカが、さっと顔色を変えてこちらを見た。彼女は居丈高に言う。

「なに？　ソフィアさんじゃないの。無言でお部屋に入ってくるなんて、失礼だわ！」

「何度もノックしました」

ソフィアは硬い声で答えた。

これまで、ソフィアはヴェロニカに対して、言い返したりしたことはない。ヴェロニカがきょとんとした顔をする。ソフィアは気まずそうに手元のカードをいじっているニクラスに顔を向けた。

「殿下、お金を賭けているのですか？」

「いやその、小遣い程度だ」

ニクラスはもごもごと口の中で言う。

「失礼します」

ソフィアは強張った表情のまま、一礼して部屋を出て行こうとした。このことをセガールには知らせねば、と思った。

すると、ぱっと立ち上がったヴェロニカが、素早くソフィアの前に立ち塞がった。

「お待ちなさいな。このことを、セガール殿下に告げ口する気？」

ソフィアはなるだけ平静な口調で答える。

「告げ口なんて——でも、皇太子殿下といえど、法は守らねばなりません」

「このことを誰かにばらしたら、あなたがこの城にいられないように、ニッキー殿下に手をまわしてもらうから！」

ヴェロニカがヒステリックに叫んだ。

「なんと言っても、ニッキー殿下は次期皇帝なのですもの。第二皇太子なんかより、ずっと権力がおありなのよ——そうそう、あなた、お母様をお城に呼んだそうじゃないの。病弱なお母様になにかあったらどうするのかしら？」

ソフィアは全身から血の気が引いた。

「母は関係ありません！」

顔色を変えたソフィアに、ヴェロニカがしてやったりとばかりににやりと笑う。

「だったら、口を閉ざして大人しくしていなさいな。いずれニッキー殿下が皇帝の座に就かれて、法を変えるわよ」

ソフィアは唇を噛んで、ヴェロニカを睨んだ。

自分たちのしたことを正当化するために、賭け事を合法にしようというのか。なんと卑怯な。

だが、それ以上言い募れなかった。

「――わかりました――失礼します」

声を振り絞り、顔を伏せて部屋を出た。

部屋の外で待機していたアデールが、ソフィアを見て声を潜めた。

「第二皇太子妃様、お顔が真っ青ですわ。お加減が悪いのですか？」

ソフィアは慌てて笑顔を浮かべる。

「いいえ、平気よ。ご用は済んだわ、戻りましょう」

「ですが――」

アデールはなにか言いたそうだったが、わきまえたように口を閉ざし、ソフィアに従った。

しばらく廊下を進んでからソフィアは、手に渡しそびれた招待状を握ったままなのにやっと気がついた。

「なんだか元気がないではないか、結婚式の準備に根を詰めすぎているのではないか？」

――数日後。

睦み合った後のベッドの中で、ソフィアを胸に抱き込みながら、セガールが気遣わしげに尋ねる。

ソフィアは心臓がどきんとしたが、笑みを浮かべて首を振る。

「いいえ、ちっとも。毎日わくわくしております」

「――それならばよいが。今宵のあなたは、あまり心地よくなさそうだった。なにか心配事や悩みがあるのなら、なんでも言ってくれ。夫婦なのだからね」

思いやり深い言葉に、思わず胸の奥の隠し事を吐露したくなる。だが、すんでで思いとどまった。

「はい……」

「そうだ、明日の昼、父上の見舞いに一緒に行かぬか？　あなたは嫁いできてから一度も、父に会ったことがなかったろう？　ずっと病状が重くて、面会謝絶だったのだが、ここ数日、容体が持ち直して、会話もできるようだ。一度、会ってくれ」

ソフィアは話題が変わったのと、皇帝陛下にお目通りができるということで、気持ちがいくらか明るくなった。

「もちろんです。ずっとご挨拶ができないままでしたから、ぜひ」

「うん——ただし、医師から許された面会時間は五分だ。心してくれ」

「わかりました」

セガールの容姿や才覚は、皇帝陛下譲りだという話だ。一度は皇帝陛下の命令で、ニクラスと婚約させられたが、こうしてセガールの妻になった今は、なんの遺恨もない。ソフィアはふと思いついた。

「あの——気持ちを上向きにさせるというアロマオイルを、陛下にお持ちしてもいいですか？　私が母のために調合していたものなのですが、母はいつもその香りで気分がとてもよくなると言ってくれました」

セガールがぎゅっと抱きしめてくる。

「あなたのそういうさりげない心配りが、とても好ましいよ」

褒められているのに、ソフィアはせつなくなる。

セガールに優しくされればされるほど、愛されない寂しさを感じてしまう。

きっとこれからもずっと、セガールは優しい。それだけで充分幸せだ、と自分に言い聞かせた。だから、胸の中に彼に対してやましい秘密を抱えてしまったことが、苦しくてならなかった。


翌日、セガールと揃って、城の一階の奥の皇帝の病室を訪れた。

ソフィアは胸がドキドキする。

肖像画で知っている皇帝陛下は、堂々とした体躯の威厳に満ちた人だった。

セガールに手を取られ、白いカーテンを下ろしたベッドに近づく。待機していた看護婦が、小声で皇帝に声をかけ、そろそろとカーテンを引いた。

セガールが一歩前に出て、穏やかに言う。

「父上、私です。妻のソフィアを連れてきました」

「──おお、セガール。待っていたぞ」

消え入りそうなしゃがれ声がした。

セガールがソフィアの背中をやんわり押して、前に出させた。ソフィアはベッドの前で、丁重に一礼した。

「皇帝陛下におかれましては、ご機嫌も麗しゅう──」

顔を上げ、皇帝陛下の姿を見た途端、言葉を失ってしまう。

やせ細った老人が横たわっていた。顔色は黄疸《おうだん》が出て、目には生気がない。呼吸も苦しそうで、薄い胸が忙しなく上下している。

「──ソフィア殿、よう参られた」

皇帝陛下が枯れ木のような手を差し出した。

ソフィアは思わずその手を両手で包み込んだ。

皇帝陛下は切れ切れな声で言う。

「ソフィア殿、老い先短い身で、息子の将来を案じるあまり、あなたの気持ちを考慮せず、婚約させたこと、そして、婚約破棄からセガールへ嫁がせ、あなたの人生をもてあそんだようなことすべてに、謝罪したい」

ソフィアは首を横に振る。

「とんでもございません。今は、セガール様と一緒になって、とても幸せです。どうか、陛下、そのようなお気遣いは無用です」

皇帝陛下は皺に埋もれそうな目を、少し細めた。

「あなたは、とても優しい女性だ。どうか、セガールを支えてやってくれ」

「はい」

皇帝陛下がセガールの方に顔を向ける。

「セガール、この国を頼んだぞ」

セガールはことさら明るく答える。

「もちろんです。が、父上、まだまだ若輩者の私を、助けてくださらないと困ります」

皇帝陛下が薄く笑う。

「そうだな――」

背後に控えていたかかりつけの医師が、口を挟んだ。

「陛下はお疲れのようです。申し訳ありませんが、ここまでで」

ソフィアはそっと皇帝陛下の手を、毛布の中に戻した。そして、手提げから持参してきたアロマオイルとアロマポットを取り出し、ベッドの脇の小卓の上に置いた。

「陛下、私が調合しました心安らぐアロマオイルです。これで、よくお休みになってくださいね」

「ありがたく、頂戴しよう」

皇帝陛下はもう疲れきったのか、そのまま目を瞑ってしまった。

セガールは無言でソフィアを促し、二人は足音を忍ばせて病室を後にした。

廊下に出ると、セガールが後ろを向き大きく息を吐いた。

「あんなに悪くなられているとは――参ったな」

セガールは片手で顔を覆って、悩ましげにつぶやく。そこには、いつもの威風堂々とした皇太子ではなく、ただ父を案じる息子の姿があった。

ソフィアは思わず、セガールの広い背中に抱きついた。

「大丈夫です。きっとご回復なされます。私の母だって、一時は危ういと言われたのです。でも、今は自分で立って歩けるまでになりました。セガール様、希望を失ってはダメです」

セガールはしばらくじっとそのままでいた。強張っていたセガールの背中から、徐々に力が抜けていく。彼はゆっくり振り返り、いつもの穏やかな表情になる。

「あなたの言う通りだ。希望を持とう」

ソフィアは大丈夫というように微笑んだ。

セガールの大きな手が、そっとソフィアの頬に触れる。

「あなたがいてくれて、よかった。あなたはいつだって、私の心の支えだ――ずっとそばにいてくれ」

「もちろんです」

ソフィアは頬に置かれたセガールの手に、やんわりと自分の手を重ねる。

こんなふうに、夫婦として心通わせ、ずっとセガールと共に生きていきたい。

ソフィアは心から願った。

しかし――翌々日のことである。

晩餐のために化粧をしているソフィアの下へ、いつもは冷静なアデールが血相を変えて駆け込んできた。

「第二皇太子妃様！　急ぎ、皇帝陛下の病室へお急ぎください！」

ソフィアはぎくりとする。

「皇帝陛下の!?」

アデールがわずかに声を潜める。

「――ご危篤だと――」

ソフィアはぱっと化粧台の椅子から立ち上がった。

「すぐ参ります！」

廊下に飛び出し、スカートをからげて病室に向かう。

心臓がバクバク言う。先日面会したときは、衰弱してはいたが容体が急変するようには見えなかったのに。

病室の前まで来ると、バルツァー公爵官房長官が待ち受けていた。彼は扉を開き、ソフィアに声をかける。

「もう皇太子殿下お二方は、お待ちです。早く中へ――」

ソフィアはうなずいて病室に足を踏み入れた。

病室の空気は張り詰めていた。

皇帝陛下のベッドを遠巻きにして、ニクラスとヴェロニカ、それとセガールが立っていた。

かかりつけの医師と看護婦たちがベッドに張り付き、必死の形相で治療に当たっている。

セガールはいち早くソフィアに気がつき、手を差し伸べる。

「ソフィア」

「セガール様」

二人は手を取り合い立ち尽くした。

セガールが悲痛な声でつぶやく。

「先ほど、一回呼吸が止まってしまったのだ――」

「ああ、そんな……」

ソフィアは胸の中で必死で皇帝陛下の蘇生を祈った。

ニクラスとヴェロニカもさすがに厳粛な面持ちだ。

息詰まる数十分がすぎた。

ふいに、皇帝陛下にかかりきりになっていた医師が声を上げる。

「息がお戻りになられました！」

セガールとソフィアはぎゅっと強く手を握り合った。

そして、二人で同時に大きく息を吐く。ソフィアは安堵のあまり涙が零れそうだった。

「ああ――」

そこへ、ニクラスが不機嫌そうな声を出す。

「なぜご容体が急変したのだ？」

医師は不可解そうに首を振る。

「わかりません。これまではご容体は安定しておりましたものを――」

ニクラスは医師の許可も得ずに、ずかずかとベッドに近づく。

彼はベッドぎわの陶器のアロマポットを手にした。

「なんだ、これは？」

ソフィアはハッとする。

「そ、それは……私が先だって陛下のお見舞いに差し上げた……」

ニクラスはポットに鼻を寄せて匂いを嗅いだ。

「嫌な匂いがする、おい、医師、これを」

ニクラスが医師にポットを手渡す。

受け取った医師は匂いを嗅ぐと、さっと顔色を変えた。

「この、百合の花のような香りは——猛毒マンドラゴラでございます！」

「まあ！　恐ろしい！」

ヴェロニカが悲鳴を上げて、ふらふらとニクラスの腕の中に倒れ込む。

失神したヴェロニカを抱きかかえたニクラスが、恐ろしい形相でソフィアを睨んだ。

「ソフィア殿！　あなたは父上を暗殺しようとしたのか⁉」

ソフィアは衝撃を受けて声を失う。身に覚えがない。全身が恐怖でガクガクと震えてきた。

「わ……たしは……」

さっとセガールがソフィアの前に立ち塞がった。彼は厳格な口調で言う。

「兄上、なんの証拠もなしにそのような決めつけはおやめください。この病室に入り込んだ、他の曲者の仕業かもしれない」

長身のセガールに見下ろされる形になったニクラスは、気圧されたように一歩後ろに下がった。

「――む。だが、その女が疑わしいことに変わりはない。大人しそうな顔をして、立ち回りの上手い女だからな。セガール、心しておく方がよいぞ」

ニクラスは捨て台詞を吐いた。気絶したはずのヴェロニカがさっさと歩き出し、ニクラスと二人で病室を出て行った。

「ああ……」

ソフィアはその場で頽れそうになった。

セガールが素早く腰に手を回して支える。

「ソフィア、父上の病状にさわるので、我々も一旦下がろう」

セガールは医師と看護婦たちに厳命する。

「先生、そのアロマを、よく調べて私に報告を出してくれ。そして皆、このことは極秘に頼む。よいな」

「御意」

医師たちが口を揃えて答えると、セガールはソフィアを抱きかかえるようにして、病室を出た。

廊下に待機していたバルツァー公爵官房長官に、セガールは手招きして彼にだけ聞こえるようになにか耳打ちした。バルツァー公爵官房長官は深刻な表情で聞いていたが、深くうなずくと、

「お任せください」

とだけ言い、踵を返して姿を消した。

セガールはソフィアをぎゅっと抱き直す。

「気をしっかり持て、ソフィア」

ソフィアは消え入りそうな声で訴えた。

「セガール様……私は決して、このような恐ろしい、大それたことなどしておりません……」

セガールはソフィアの背中をあやすようにさする。

「わかっている。そんなことはわかっている、ソフィア」

ソフィアはセガールの気持ちのこもった声に胸打たれ、そのままふっと気が遠くなってしまう。

翌日の城内は騒然としていた。

あれほどセガールが緘口令《かんこうれい》を敷いたのに、皇帝陛下が毒入りアロマで容体が悪化したことと、そのアロマを贈ったのがソフィアであることが筒抜けに広まっていたのだ。

皇帝陛下は呼吸は平常に戻ったものの、意識不明のままだ。

あっという間に、ソフィアは毒婦であるかのように噂された。もともと、ニクラスからセガールへ乗り換えた食わせ者の女という風評もあったせいだ。

ソフィアは人の目が恐ろしく、部屋に閉じこもったままになった。

ソフィア付きの侍女たちまで、ソフィアを疑惑の眼差しで見るようになった。

突如、ソフィアは城内で孤立無援になったのだ。

ただ、侍女のアデールは普段と同じ態度を崩さない。そしてもう一人、セガールだけは今までと変わらず優しく穏やかに接してくれる。

ソフィアの傷ついた心はセガールたちの気遣いで救われた。しかし、身の潔白を証明できなければ、黒い噂はソフィアに付きまとうだろう。

未だ、皇帝陛下に毒を仕込んだ者が誰か、判明していない。

ソフィアは苦悩した。

なぜこんな事態になったのか、まだ理解できない。

ただ一つ、セガールの多大な重荷になっているということだけはわかる。

皇帝陛下が意識不明になって、第一皇太子であるニクラスに政事の全権が渡される形になった。だが、ニクラスはこれまでのように享楽に耽っていて、実質はセガールがすべてを引き受けて執務に明け暮れている。

これまでに輪をかけて、セガールは八面六臂の働きをしている。それなのにソフィアの存在が、セガールの信用に陰りを落としているのだ。

セガールが皇帝の位を掠め取りたくて、ソフィアに命じて毒を仕込ませたのだと邪推する者までいるという。

このままでは、セガールの将来に傷を付けてしまう。

ソフィアは思い詰め、日に日にやつれていった。そんな彼女を、セガールがさらに気遣うのが、逆に心苦しくてならなかった。

事件からひと月後の、ある晩のことだ。

最近、夜更けまで執務にかかりきりのセガールは、ソフィアとゆっくり睦み合う時間もなく、それぞれの寝室で休むことが多かった。

心身ともにすり減っているソフィアには、その方がありがたかった。心の曇りが晴れないまま、快楽に溺れる気持ちにはとてもなれない。

だがこの夜、意を決したソフィアは、一人セガールの寝室のソファに座って、彼の帰りを待っていた。

夜半すぎ、少し重い足取りで寝室に入ってきたセガールは、待ち受けていたソフィアの姿を見て、ぱっと表情を明るくした。

「ソフィア——私を待っていてくれたのか」

ソフィアは抱きしめようと近づいてくるセガールを、片手で押しとどめる。

「セガール様、待ってください。大切なお話があります」

「話だと？　そんなもの、いつでもできるだろう」

セガールは不審げな顔をする。

ソフィアはゆっくり立ち上がり、まっすぐセガールの目を見てひと息に言った。

「セガール様、離婚してください」

「!?」

セガールは我が耳を疑う、といった顔つきになった。

彼が言葉を失っているので、ソフィアはもう一度繰り返す。

「あなたと、離婚したいのです」

自分の言葉が心をズタズタに切り裂くような気がした。

これを言うだけですでに精根尽き果ててしまい、ソファに倒れ込むように座った。

棒立ちになったセガールが、やっと我に返る。彼は初めの衝撃から幾分立ち直ったように、穏やかな声で言った。

「根も葉もない噂で、あなたがとても傷ついているのはよく理解している。私の重荷になっていると、あなたが感じていることもわかっている。だが、そのようなこと、私には少しも負担ではない。ソフィア、あなたが引け目に思うことはなにもないのだよ」

ソフィアは胸がじんと甘く疼いた。

セガールはソフィアの気持ちが手に取るようにわかっていたのだ。

こんな素晴らしい男性は、もう二度とソフィアの前に現れないだろう。

愛している。

深く深く愛おしい。

でも、だからこそ彼の優しさに甘えてはいけない、と思う。

これまでずっと、セガールの寛容さに寄りかかり、事あるごとに助けてもらっていた。最後の最後くらい、彼のために自分から行動したい。

ソフィアは息を深く吸うと、キッと顔を上げた。

「いいえ、セガール様が私などに固執する必要はないのです。今ならまだ、結婚して日も浅い。どうか、事態が深刻になる前に離婚して――」

ふいにセガールが大声を出した。

「離婚などしない！」

ソフィアはびくりと肩を竦める。こんな激昂した声を出されたのは初めてだ。しかし、最後の力を振り絞って言い返した。

「でも……でも、私なんかそもそも、払い下げの、セガール様に押し付けられた女です。もう、哀れみも同情もいりません。どうか、別れてください」

セガールが前に進み出てくる。

「同情だ？　哀れみだ？　あなたはなにもわかっていない！」

彼の白皙の顔が紅潮している。いつもは澄んだ青い目が血走っている。

怒りに満ちた彼は、その美貌もあいまって凄まじい迫力があった。

ソフィアは怯えて、ソファから立ち上がろうとした。

セガールの両手が伸びて、ソファの身体を左右から挟むようにして、強く背もたれを掴んだ。逃げ場を失ったソフィアは、目を見開いて恐ろしい形相のセガールを見つめた。

セガールは瞬きもせずソフィアを凝視し、血を吐くような逼迫《ひっぱく》した声で言った。

「どこにもやらない。あなたは私のものだ」

「……でも」

セガールは少し悲しげに繰り返した。

「私だけのものだ！」

「……」

今までに聞いたこともない断固とした物言いに声を失っていると、セガールの端整な顔が寄せられてくる。

「逃さぬ」

セガールがここまで自分に執着する意味がわかりかねた。

「セガールさ……」

「私だけのソフィア──」

「セ……」

呼びかけた言葉が奪われ、唇が重なった。

強く唇を押し付けられ、めくれ上がった口唇を舐められ、そのまま強引にセガールの舌が侵入してきた。乱暴に口腔を掻き回され、舌を搦め捕られ痛むほどに吸い上げられる。

「んっ、んんぅ……っ」

「ぐ、ふぁ、んんっ」

抵抗の声すら上げられず、舌を貪られ唾液を注ぎ込まれて呼吸もできない。首を振りたてて避けようとするが、セガールが体重をかけてきて、ソファに押し倒された。そのまま再び深い口づけを繰り返される。ぬるぬると舌が擦れ合う感触に、ぞくぞく甘く感じ入ってしまい、眩暈がしそうだ。四肢から力が抜けていく。

ソフィアの抵抗が止んだと見ると、セガールはわずかに顔を離し掠れた声で言い募る。

「こんなにも欲しいと思った女性は、あなただけだ」

「嘘……そんなこと……」

とても信じられない。

だって、セガールには想い人がいたはずだ。それに、陸軍総司令官の地位と引き換えに、払い下げられたソフィアと結婚したのではないのか？

今の地位を守るために、こんなにもソフィアに固執するのだろうか。それとも、他の思惑があると言うのだろうか。

判断できなくてうろたえていると、セガールは自分の両膝でソフィアの身体を押さえ込んだまま、再び激しく口づけを求めてきた。同時に、片手でソフィアの部屋着の前ボタンを次々外していく。

「やめ……て」

身悶えて儚い抵抗を試みるが、さらに強い力で押さえ込まれてしまう。

「やっとあなたを手に入れたのに、逃がすものか」

セガールのこんな凶暴な表情は初めて見る。

彼は性急にソフィアの部屋着を剥ぎ取ってしまった。

「ああ、だめ……っ」

ソフィアは両手で胸を庇い、触れさせまいとするが、セガールは難なくその手を剥ぎ取ってしまう。

乳房を乱暴に掴まれて、ソフィアは小さく悲鳴を上げた。

「つ……お願い、セガール様、待って、話を聞いて……」

「待たない」

セガールは有無を言わさず、きゅうっと乳首を捻り上げた。

「痛っ……」

鋭い痛みにひるんでいると、露わになった太腿から臀部を撫で回され、そのまま手が薄い茂みに触れてくる。下生えを掻き分けて、無骨な指先が秘玉に触れてくると、それだけでびくんと腰が浮いてしまう。

「あ、ああっ」

「あなたの弱いところは、全部知っている。ここをこうされるのが好きだろう？」

セガールは荒々しい言葉遣いとは裏腹に、繊細な指の動きで丸い突起を転がした。

「ひゃうっ、あ、あ、あ」

痺れる快感に、甘い悲鳴が上がってしまう。ざらりとした指紋の感触がはっきり感じ取れて、気持ちよさに腰が揺れた。

「や、だめ、しないで……ぁ、あ、ぁあ」

「ほら、もう濡れてきた。感じやすいくせに」

セガールは嬉しげな声を出し、別の指で割れ目をぬぷりと押し開く。とろりと愛蜜が溢れてしまう。

「あっという間にびしょびしょになって。なんて卑猥な身体だろう」

セガールの指が溢れた愛液を塗り込めるように花芽を擦ると、さらに強い快感が生まれてきて、媚肉までひくひく震えてくる。

「はぁ、や、やめ……あぁ、やぁあ……」

気持ちは拒みたいのに、あっという間に反応してしまう自分の身体のはしたなさに、目に涙が溢れてくる。

「身体はとても素直だ。私が欲しくてしかたないと言っている」

セガールの乱れた呼吸が、耳朶を擽る。そのままかぷりと耳朶を噛まれた。

「あうっ」

こんな野生的なセガールは見たことがなくて、怖いと思うのになぜかいつもより官能の興奮が煽られて、全身の血が熱く滾った。

「ここしばらく多忙で、あなたと身体を重ねられなくて、私は欲しくて欲しくて、堪らなかった、ソフィア」

彼が自分の欲望を生々しく吐露するのも初めてで、淫らな情欲がさらに増幅した。

セガールは指の動きを早め、濡れた花芽を小刻みに揺さぶってくる。あっという間に快感に追い上げられ、目の前に絶頂の火花がちかちかと飛び散る。

「はぁ、あ、は、はぁ、あ、だめ、あ、だめ、だめぇ……っ」

「そら、達っていい、達ってしまえ、ソフィア」

セガールがさらに指をうごめかし、ソフィアは腰を浮かせて一気に上り詰めた。

「あ、あああっ、あぁーっ……」

どろっとした愛蜜が吹き零れ、達し続けている間に、セガールの指がぬるぬるの媚肉の狭間に押し込まれ、膣襞がぎゅうっとうねった。

「ここも、欲しがっている」

「あ、ぁ、あ、あ……」

無意識に蜜壺が収縮して、セガールの指を奥へ引き込もうとしてしまう。次に来る行為を待ち焦がれ、さらにはしたなく蜜が溢れる。もうこうなると、セガールの与える快楽に抵抗できないと、ソフィアにはわかっていた。

「お、願い……やめ……て」

せめてもの抵抗でソフィアは弱々しくつぶやいたが、セガールは無論聞く耳を持たない。彼は素早く指を抜き去ると、熱く熟れたソフィアの身体をくるりと裏返した。

「あっ……だめ……」

身じろぐ前に、セガールの片足がソフィアの両足の間に押し込まれ、大きく開かせてしまう。

背後で性急な衣擦れの音がしたかと思うと、綻んだ花弁のあわいに、ぐっと熱く硬いものが押し付けられた。そのまま一気に貫いてきた。

「あ、ああっ、ああーっ」

衝撃は凄まじく、最奥まで深々と埋め込まれ、ソフィアは瞬時で絶頂に達してしまった。びくびくと内壁が慄いて、セガールの欲望を嬉しげに包み込む。

「……はぁ、は、はぁ、あ……ぁ」

「ああ、あなたの中、火傷しそうに熱い。最高だ、ソフィア」

セガールはそのままがつがつと激しく腰を打ち付けてきた。

「つ、あ、あ、すご……、あ、あぁ、はぁあっ」

次々めくるめく絶頂が襲ってきて、ソフィアは甲高い嬌声を漏らしながら身悶える。

「いいだろう？　ソフィア、もっと、もっとだ、もっとよくなれ」

激烈な律動を繰り返しながら、セガールはソフィアの股間に手を回し、ぐずぐずに蕩けた結合部をまさぐってくる。愉悦に酩酊しながらも、ソフィアはびくりと腰を引こうとした。奥を深く満たされたまま鋭敏な秘玉をいじられると、頭が真っ白になるくらい感じ入ってしまい、理性のタガが外れてしまうのだ。そして、そんなソフィアを、セガールがひどく好んでいることも知っている。

「あっ、それは、だめ……っ」

いやいやと首を振ったが、腰を引き寄せられ、さらに密着度が深まった。

「だめじゃない——どうしようもなく感じさせてあげる」

セガールは容赦なく秘玉に濡れた指の腹を押し当てると、甘やかな振動を送ってくる。腰骨が溶けそうなどうしようもない快感の連続に、ソフィアは甘くすすり泣いた。

「はぁあ、あ、あぁ、だめ、あ、だめに……あぁ、あぁん、はぁあん」

性器のどこもかしこもが喜悦で埋め尽くされ、激烈な快感にソフィアは硬く目を瞑って、耐えようとした。

だが、セガールは追い詰めるように腰をさらに繰り出してくる。

「そら、いいだろう？　これは？　こうだろう？　ここが好きだろう？」

硬い先端が的確にずんずんとソフィアの感じやすい箇所を突き上げ、その度に激しく達してしまう。

「あぁ、あ、い、いぁ、あ、だめ、あ、ぁああ」

両足は求めるように大きく開いてしまい、淫蜜と愛潮の混じったものが粗相したように溢れて、ぐちゅんぐちゅんと卑猥な水音が部屋に響いた。

「気持ちいいのだろう？　きゅうきゅうこんなに締めて――いいと言うんだ、ソフィア」

セガールの呼吸が早まり、色っぽい声が掠れてさらに官能的だ。

この頃は、奥だけでもひどく感じてしまうようになったソフィアは、下肢全体が蕩けてしまうような法悦に、我を忘れて叫んでいた。

「ひ、あぁ……あぁ、い、いい……いい、気持ち、いい……あぁ、気持ちよくて、堪らないの……ぉ」

奥を捏ね回すように腰を使われると、快感はさらに上書きされ、恥じらいを忘れて自分から彼の抽挿に合わせて尻をふりたくっていた。

「いい子だ、ソフィア。可愛いソフィア、好きだ、愛している、ソフィア」

セガールはうわ言のようにそう繰り返しながら、最後の仕上げとばかりに力強く腰を打ち付けてきた。

「やあっ、あ、あ、も、あ、だめ、だめ、だめなの、だめぇえっ」

ソフィアの視界が快楽に真っ白に染まる。襲ってくる愉悦は際限なく、ソフィアは唇を大きく開き、声なき声を上げた。

四肢がぴーんと突っ張り、濡れ襞がぎゅうっと男の肉胴を締め上げた。

「く──お、ソフィア、出る、出すぞ」

セガールがくるおしげに呻いた。

「んんんーっ、んんんっ……！」

ソフィアの腰がガクガクと痙攣する。

同時に、セガールが大きく息を吐き、ずん、と深く突き入れたまま動きを止めた。

最奥で、びゅくびゅくと熱い飛沫が放出される。

「あ、あぁ……あ、はぁ……ぁ」

達しすぎてもう指一本動かせないのに、蜜壺は力強くセガールを包み込み、奥がぬめぬめとうごめいて、白濁の欲望液をすべて受け入れていく。

硬直していた全身からふいに力が抜け、ソフィアはぐったりとソファにうつ伏せた。

「――はあ、は、あ」

荒い呼吸を継ぎながら、セガールもソフィアの上に覆いかぶさってきた。彼は上着は脱がずトラウザーズをずり下げただけの格好だ。普段きちんとしているセガールに似合わない性急さで求められ、ソフィアはその新鮮な感じにも甘く感じ入ってしまう。

「私も、とてもよかった――」

セガールの手が、優しくソフィアの後れ毛を掻き上げてきた。

いつもの優しいセガールの仕草だ。

――が、愉悦の波が徐々に引いていくと、ソフィアはにわかに恐怖を感じてきた。

なにかあるたびに、こんなふうに快楽に落とし込まれたら、到底抵抗できない。

セガールの執着が深まることに、ソフィアは混乱していた。

彼の真意が掴めない。

欲しいのはソフィアではなく、地位なのではないかという疑念が払拭できない。それが本心だとしても、セガールを責める気にはならない。セガールの国を思う気持ちが誰よりも強いことを知っているだけに、尚更だ。

セガールに求められて、彼を愛しているソフィアが抵抗できるはずもない。

でも――。

皇帝陛下暗殺の汚名を着た妻では、この先ずっとセガールの権威に傷を付けるだけだ。ソフィアの存在が、彼が望む政事の妨げになることは目に見えている。

セガールがゆっくりと萎えた欲望を引き抜く。ソフィアはおもむろに起き上がった。

やはり、今言わねば、と思う。

また情熱的に抱かれ、甘い言葉をささやかれたら、うやむやにされてしまう。

深く息を吐き、顔を上げた。

「セガール様。私の気持ちを正直に話します」

「そうか」

セガールが表情を緩める。

ソフィアは声が震えたが、一気に言った。

「落ちぶれた公爵家の私は、病弱な母を救うためなら、誰でもいいから結婚したかったのです。これが本心です」

さっとセガールの顔が強張った。尊厳を傷つけられたからだろう。

そんな表情は見たくなかったが、苦しい気持ちを抑え、言い募る。

「地位と財産を得られるのなら、ニクラス様でもセガール様でもよかった。私はそんな浅ましい薄情な女です。結婚の誓約をしましたが、誠意からではありませんでした。私の評判が地に落ちた今、セガール様のお側にいて、よいことなど一つもありません——ですから」

嘘をつくのは身を切られるように辛い。ソファに両手をついて、頭を下げた。

「どうか離婚してください」

「——」

セガールはしばらく無言でいた。

ソフィアはじっと沈黙に耐えた。

やがてセガールが小声で言った。

「そうか——あなたは、私のことが少しも好きでもなんでもなかったのだな」

その言葉に、ぐさりと胸が抉られる。

ソフィアは消え入りそうに答える。

「そう、です……」

「そうか——」

頭を下げ続けているので、セガールがどのような表情をしているかわからない。

セガールが衣服の乱れを直し、のろのろとソファから下りた。

ソフィアが恐る恐る顔を上げると、彼は背中を向けたまま言った。

「わかった、離婚しよう。今すぐ、書類を作る。侍従に離婚届を送るので、それにサインだけして返してくれ。そして、あなたはその足ですぐに城を出て家に戻るがいい。馬車も用意しておく」

「っ――」

絶望感で息が詰まった。もう一刻も顔も見たくないほど、嫌われてしまったのだ。

嗚咽が込み上げてきそうで、必死で唇を噛む。

セガールはそのまま寝室の出口へ向かった。扉を開けると、彼は立ち止まってわずかに振り返った。悲しげな表情に、ソフィアの良心がずきずき痛んだ。

「あなたの母上のことは、心配いらない。手術まで丁重に城で扱い、手術後は屋敷に送り届け、これまで通り、かかりつけの医師と看護婦をつけよう。慰謝料も存分に払うので、生活のことは憂うことはない」

セガールは踵を返して部屋を出ていった。

なんとあっけない幕切れだろう。ソフィアは呆然とする。

「セガール様……」

最後の最後まで優しいセガールの言葉に、ソフィアは堪らず涙を零した。

その晩、セガールの侍従が届けてきた離婚届にサインすると、ソフィアは身の回りのものだけまとめ、夜明けを待たずに皇城を後にした。

「お母様、そろそろベッドに戻りましょう。花屋で綺麗なお花を買ったの。枕元に飾りましょうね」

ソフィアは新しい花を生けた花瓶を持って、母の寝室に入っていく。

看護婦に付き添われて、車椅子に乗って窓辺で風に吹かれていた母が、振り返って微笑む。

「まあ、嬉しいわ。毎日生花を楽しめるなんて、なんて贅沢なんでしょうね」

ソフィアは看護婦を自室に下がらせ、自分で母の車椅子をベッドまで押した。

手術を無事終えて帰宅した母の体調は上向きで、車椅子でならかなりの時間起きていられるようになっていた。

母に手を貸して立ち上がらせ、ゆっくりとベッドに寝かしつける。ベッド脇の小卓に、花瓶を飾る。

母は花を眺め、少し悲しげに言う。

「こうして生活にゆとりができたのも、セガール殿下のおかげだわね。お側を引き下がったお前に、こんなに気を遣っていただいて――」

「本当に、その通りですわ」

胸がちくんと痛んだが、ソフィアは笑顔を絶やさず答える。

母には、過分な第二皇太子妃の身分が重すぎて気鬱になったので、セガールと話し合ってしばらく別居させてもらうことにした、と話してある。病弱な母に、離縁したなどと言って衝撃を与えたくなかったのだ。いずれ、母の健康が回復したら真実を打ち明けようと思っている。

ソフィアが皇城を下がって、二ヶ月あまりがすぎようとしていた。

屋敷に戻り、母との暮らしが再開し、以前の判で押したような日々の繰り返しに、セガールと結婚していたことなどまるで泡沫の夢のような気がする。

ただ前と違うのは、セガールが過分なほどの慰謝料を寄越してくれたので、生活が見違えるほど潤ったことだ。家計のやりくりに汲々としなくてよくなった分、ソフィアはピアノを習ったり読書に勤しむといった、自分のやりたいことに時間を割くことができた。

だが、なにをしてもソフィアの気持ちは紛れることはない。常に頭の中は、セガールのことでいっぱいだった。

セガールは今なにをしているだろうか。激務で無理を重ねていないだろうか。きちんと食事や睡眠を取っているだろうか。

セガールの側にいたときは、常にソフィアがセガールの体調をそれとなく見守り気遣っていた。セガールはややもすれば仕事にかまけて、寝食をおろそかにしがちだったからだ。

離れてみると、ますます恋しい。愛しい。

目を閉じれば、セガールの息遣いや体温が身近に感じられ、せつなくてたまらなかった。自分で選んだ別れだが、これほど心身に打撃を受けるとは思いもしなかった。

そんなソフィアの唯一の心の慰めは、変わらず屋敷へ手紙と小切手を送ってくれていた「篤志家様」の存在だった。

「篤志家様」は、ソフィアの私生活の経緯にかかわらず、以前に増して思いやりに溢れた言葉を綴ってくれることが、ソフィアの気持ちを支えてくれた。

本当はセガールからの慰謝料があるので、生活支援は断るべきなのだろうが、「篤志家様」まで失ってしまっては、ソフィアは到底生きていけないと思った。いただいた小切手には手を付けず、手紙とともに大事に保管した。

そして、新年を迎えたばかりのある日、屋敷に意外な訪問者が現れた。

ノッカーの音に扉を開けると、そこにアデールが立っていたのだ。

「まあ、アデール？」

「第二皇太子妃様、ご無沙汰しております」

アデールは丁重に頭を下げた。

ソフィアは苦笑いする。

「もう私は第二皇太子妃ではないわ」

顔を上げたアデールは生真面目に答えた。

「御母上様の手前、そう呼び慣らわせていただいた方がよろしいかと」

ソフィアはあっと気がつく。

「そうね、そうだったわね。さあ、入って。なにか御用かしら？　セガール様はお変わりない？」

ソフィアはアデールを応接間に通した。

ソファに浅く腰を下ろしたアデールは、やにわに切り出す。

「第二皇太子妃様。どうか、お城にお戻りくださいませんか？」

ソフィアは向かいのソファに座り、うつむく。

「あなたは知っているでしょう？　私とセガール様は――」

アデールはソフィアの言葉を断ち切るように言った。

「来週、ニクラス殿下がヴェロニカ様と正式な婚約披露をいたします。その席で、ニクラス殿下は、意識不明の皇帝陛下の代わりに、皇帝の位に就くと宣言するおつもりです」

「ニクラス殿下が――」

ソフィアは胸の中がひやりと冷える。政務にまったく関心がないニクラスが皇帝になったら、この国はどうなってしまうだろう。賭博を合法にしようなどと考えているお方だ。ますますセガールの支えが必要となり、彼の負担が重くなりそうだ。

それまで、淡々と話していたアデールが、ふいに感情を込めた口調になる。

「ニクラス殿下は皇帝の座に就いたさいには、セガール殿下を国境警備の責任者に任命し、僻地に常駐させるお考えのようです。今まで実質政事を取り仕切っていたセガール殿下を、政務の中心から外そうというのです。セガール殿下と共に政務を支えていた有能なバルツァー公爵官房長官も罷免されることになりそうです。第二皇太子妃様、このままでよろしいのですか？」

「そんな――！」

ソフィアの全身から血の気が引く。

「まさか、そんな暴挙を？　アデール、あなたがなぜそんな重大なことを知っているの？」

アデールは妖艶な笑みを浮かべた。

「私はヴェロニカ様の指示でニクラス殿下の下を追い払われましたが、密かに接触を繰り返しておりました。ニクラス殿下は無類の女好きですから。その気のあるフリをして手の一つでも握らせれば、なんでもお話しになります」

「っ――」

女の武器を使って情報を得る行為に、清廉なソフィアは声を失う。アデールは表情を改めた。

「でも、私がこのような行動を取っていたのは、すべてセガール殿下のおためなのです。ヴェロニカ様に身包《みぐる》み剥がされて追放の憂き目に遭いそうになった私を、セガール殿下はお救いくださった。あの方は、これまでニクラス殿下にもてあそばれ捨てられていった数多の女性たちを、すべて庇護してくださっていたのです。その恩に報いたく、間諜のようなまねをしました」

ソフィアは呆然としてアデールの話を聞いていた。城で仕えていたときには、常に冷静で感情を表に出さないよう振る舞っていたアデールの、本心がやっと理解できた。

アデールは身を乗り出して、さらに言い募る。

「どうか、セガール殿下の下へお帰りください。今、セガール殿下はこの国の責任を一手に引き受けて、日に日におやつれになっておられます。自分を省みられず仕事に打ち込み、いつ倒れてもおかしくないほどです。それは、第二皇太子妃様がお側におられないからです。あの方を支えられるのは、第二皇太子妃様以外にはおられません！」

ソフィアは焦燥感に駆られてぎゅっと手を握りしめた。

「でも、でも――もう私は、お城に勝手に入り込むことなどできないわ。今の私がセガール様とお会いすることなど、不可能だわ」

アデールが声を潜めた。

「ニクラス殿下の婚約披露パーティーは、仮面舞踏会となっております。私が手引きいたしますから、第二皇太子妃様は、そこに紛れてセガール殿下にお会いになられるとよろしいかと。お二人がご一緒ならば、きっとなにか打開策がございます。どうか、どうか――」

アデールが声を震わせた。常に平静な態度を崩さなかったアデールの涙に、ソフィアは事態の重さを感じた。

今の自分がセガールの下に行って、なにができるかわからない。

彼がソフィアを必要としているかもわからない。

でも、側にいたかった。

彼が窮地に陥るなら、そこにいて全力で支えたい。

胸の底から熱い感情が込み上げてくる。

ソフィアは答えた。

「わかりました。行きましょう」

アデールが涙にくれた顔を上げる。

「ああ、第二皇太子妃様！」

ソフィアはそっとアデールの手を握った。

「こんなにも、私たちのことを思ってくれていたのね。アデール、ありがとう」

「第二皇太子妃様――」

無謀かもしれない。だが、ソフィアはセガールの実情を知ると、抑えきれない激情が心の中を荒れくるうのを感じた。

ただただ、愛する人のそばにいたい。守りたい。力になりたい。

抑え込んでいた大きな感情が、ソフィアを突き動かしていた。

ニクラスの婚約披露の当日。

ソフィアは母の容体が安定していることを確認してから、こっそりと舞踏会用のドレスに身を包み、屋敷の裏口から出た。

　そこには、あらかじめアデールが手配した辻馬車が待機していた。

　ソフィアが乗り込むと、すぐに馬車は走り出す。

　皇城に向かう街道は、婚約披露パーティーに招待された多くの貴族の馬車が連なっていたが、ソフィアの乗る馬車は脇道に逸れた。皇城の北側の脇門には使用人専用の出入り口がある。その出入り口前に馬車が止まり、ソフィアは素早く下車した。

　アデールが待ち受けていて、扉を開いてソフィアを招き入れた。

「第二皇太子妃様、お早く。もうパーティーは始まっています。これを付けて、大広間に紛れて入ってください。セガール殿下はニクラス殿下の命で、警備隊指揮官として、会場の警備に当たられております」

「――わかったわ」

　いくらセガールが腕利きの武人だとしても、第二皇太子を警備に当たらせるなど、ありえない。

　ニクラスのこの仕打ちは、すでにセガール排除の方向に向かっているのだ。ソフィアは、ニクラスたちに対して、かつてない怒りを覚えた。

　この状況を一刻も早くセガールに知らせ、この国のために手を打ってほしい。ソフィアは小走りに大広間への廊下を走る。勝手知ったる城の中なので、迷うことはなかった。

大広間の方から、さんざめく人々の会話と賑やかなダンス曲が聞こえきた。ソフィアは素早く仮面を付けると気取った足取りに変えた。

大広間では、宴もたけなわで、着飾った貴族たちがダンスを踊っている。

一番奥の階の上の玉座に、華美な服装のニクラスとヴェロニカはふんぞり返っている。二人は満面の笑みで、すっかり皇帝と皇帝妃気分だ。

ソフィアは人混みの中で視線を彷徨わせる。

ひときわ長身のセガールの姿は、すぐに見つけることができた。

彼はベランダに向けて大きく開いた窓際の位置で、片手を剣の柄にかけた姿勢で、油断なくあたりに目を配っていた。

その隙のない姿を見ただけで、ソフィアは胸がいっぱいになる。

最後に見たときより痩せてしまったようだ。頬が鋭角的に削げていて、胸が痛んだ。だが、そのやつれすら、セガールの美貌に匂い立つような色気を添えている。

人混みを掻き分けて、セガールに近づこうとした。

すると、なにかを察知したのか、セガールがパッとこちらに顔を向けた。

彼は大きく目を見開き、大股でソフィアに向かって歩み寄ってくる。遠目のうえ、仮面を付けていたのに、ひと目でソフィアとわかったのか。

二人はダンスする群衆の真ん中で出会い、立ち止まって見つめ合った。

セガールが声を震わせる。

「ソフィア――」

ソフィアも万感の思いで名を呼んだ。

「セガール様……」

つと、セガールがソフィアの手を掴むと、輪舞の中を巧みに身をかわし、開いた窓からベランダに連れ出した。

中庭に面したベランダに出ると、ふっと大広間のざわめきが遠のき、二人だけの世界のように静まり返る。

セガールが抱きしめてくるのと、ソフィアが仮面を毟り取るのは、ほとんど同時だった。

「ああソフィア」

「セガール様、会いたかった」

セガールはソフィアの髪に顔を埋め、深く息を吸う。

「あなたの香り、あなたの温もり――毎晩夢に見て、焦がれていた」

真情のこもった声に、ソフィアは鼓動が速まり身体がかあっと火照るのを感じた。ソフィアはセガールの背中に手を回し、力の限り抱きしめた。引き締まった肉体の感触に、胸のドキドキがさらに高まる。

「セガール様――勝手な行動を取ってここまで来てしまいました、私は――んっ……」

言葉の途中で唇を塞がれ、濡れたセガールの舌が唇を辿っていくと、じんと身体の芯が甘く疼いた。舌が絡められて優しく擦られ、心地よさに頭がぼうっとしてくる。

「ふ、んふ、ふ……ん」

思わず彼の舌の動きに応えて、自分も舌をうごめかせてしまう。

「……ぁ、は、はぁ……あ」

顔の角度を変えて口づけを繰り返しながら、セガールの手がそっと背中を撫でてくると、愛おしさになにもかも彼にあずけてしまいそうになる。だが、今は口づけに溺れている場合ではないと、ハッと我に返った。追いかけてくるセガールの顔から必死で逃れ、息を乱して訴える。

「ん……セガール様、聞いて……実は……」

「――お二人で、こそこそと逢引かな？」

ふいに甲高い男の声が聞こえ、二人はパッと身を離した。

ベランダの前に、警備兵たちを引き連れたニクラスが立ち塞がっていたのだ。ニクラスの横には、ヴェロニカがべったりと寄り添っている。彼女はわざとらしく大声を上げた。

「まあ！　皇帝陛下を暗殺しようとした女が、お城に忍び込んでいるなんて、恐ろしい！」

「――」

セガールは硬い表情でニクラスとヴェロニカを睨む。ニクラスは勝ち誇ったように言う。

「この日に、その女が城に入り込んでくるという情報は、あらかじめ得ていた。おそらく、再び皇帝家に災いをもたらそうと企んでいたのだろう。アデールが密かに私に告げてくれて、そちらの手の内は逐一わかっていたのだ」

「アデールが、そんな……！」

ソフィアは愕然とした。

まさかアデールが裏切るなんて。では、ここに手引きしたのは、すべてニクラス側の計画だったというのか。

ニクラスが警備兵たちに合図した。

「その女を逮捕せよ——セガールも犯罪人と会っていたからには、なにか共謀している可能性がある。セガールも捕縛して、取り調べよ」

警備兵たちは、陸軍総司令官のセガールを前にして、怯んだそぶりで、セガールとソフィアを遠巻きに取り囲んだ。

セガールはソフィアを身をもって庇うように、ぎゅっと自分の横に引き寄せる。

ソフィアは絶望感に眩暈がしてくるが、気力を振り絞って訴えた。

「ニクラス殿下！　私はセガール様にひと目会いたい一心で、忍んできたのです。それだけで、なにもやましい気持ちはありません！　ましてや、セガール様はなにもご存じなかったのです。もし、私が罪に問われるとしても、セガール様にはまったく関係のないことです！」

ソフィアの澄んだ声はあたりに響き渡り、ダンスに興じていた人々も何事かと動きを止めて、ベランダの方に注目しだした。楽団の演奏もピタリと止んだ。

ソフィアはセガールの腕から身を振りほどき、ニクラスの前に進み出て膝を折った。

「お願いです！　私は潔白です。でも、信じていただけないのなら、取り調べていただいてかまいません。ですから、セガール様を不当に扱うのだけは、どうかご容赦ください！」

「ソフィア——あなた一人に責任を負わせたりはせぬ！　なにかあれば、私も共に——そう神の前で誓ったではないか」

悲壮な声がして、セガールが背後からきつく抱きしめてきた。ソフィアは身を捩って逃れようとする。

「離してください！　もう私は離縁しました。セガール様とは赤の他人です！」

この期に及んで、あくまでソフィアを守ろうとするセガールの誠実さに胸が打たれた。涙が溢れてくる。刹那、耳元でセガールがソフィアだけに聞こえる声でささやく。

「ソフィア、あと少し堪えてくれ。あと少しだ」

「え？」

言葉の意味がわからず、思わず聞き返そうとしたが、セガールの口調に含みを感じ取り、無言になって抗うのを止める。

「ふん、その様子では二人が共犯だと暴露しているようなものだ」

ニクラスが勝ち誇ったように言う。

そのとき、人だかりの中から、バルツァー公爵官房長官が滑るように進み出てきて、ニクラスに声をかけた。

「ニクラス殿下、たった今、アッペル公爵とウンガー伯爵が賭博容疑で逮捕されました」

ニクラスがぎくりと身を竦めた。

「なん、だと？」

ヴェロニカも顔色が変わる。

と、やにわにセガールが立ち上がった。

「兄上。その件について、別室で少しお話しがあります」

その声は、静かだが有無を言わさぬ断固とした響きがあった。

セガールが目配せすると、バルツァー公爵官房長官は丁重にニクラスを誘導する。

「ニクラス殿下とヴェロニカ嬢、では、こちらの控え室へどうぞ」

「――う、む」

ニクラスとヴェロニカは緊張した面持ちで、バルツァー公爵官房長官のあとに続いた。

その姿を横目で確認したセガールは、不審げに集まっていた人々に大仰な笑顔で告げた。

「お騒がせした。ニクラス殿下は少しご気分がすぐれぬゆえ、しばし退席なさる。皆様におかれては、このまま歓談やダンスをお楽しみ願う」

中断していた楽団が、再び演奏を開始し、大広間は再び和やかで楽しげな空気が戻ってくる。

セガールはソフィアの手を取って、優しく引き立たせた。

「ソフィア、私たちも控え室へ行こう」

「でも――」

事態が呑み込めないソフィアは、もの問いたげにセガールを見上げた。彼がかすかに目で合図してくる。セガールが安心しろと言っている。ソフィアは瞬時に理解し、うなずいた。

セガールの腕に手を置いて、彼と一緒に大広間から控え室へ向かった。いつの間に現れたのか、背後からアデールが影のように付いてくる。セガールはそれを咎めだてしないので、ソフィアは彼に含むところがあるのだと察して無言でいた。

控え室の前を守っていた警備兵たちが、セガールの姿を見ると無言で扉を開けた。

中に入ると、長いテーブルにニクラスとヴェロニカ、そして二人の貴族らしい男性がうつむいて座っている。

その二人の貴族を見たとき、ソフィアはハッとした。

以前、ヴェロニカの私室で、ニクラスも交えて賭博カードに興じていた男たちだ。

監視するように脇で立っていたバルツァー公爵官房長官が、近づいてきたセガールに数枚の書類を渡した。

受け取ったセガールは、その書類を素早く読むと、うなだれている男たちに厳しい声で言う。

「アッペル公爵とウンガー伯爵、あなた方がニクラス殿下と賭博に耽って現金のやり取りをしていたというのは、事実であるか？」

「はい」

震える声で答え、アッペル公爵とウンガー伯爵は大きくうなずいた。

「な、なにを言うか！　事実無根だ！　私はそんな行為をした覚えはない！」

椅子を蹴って立ち上がったニクラスが、躍起になって怒鳴った。

セガールは手にした書類をニクラスに突きつけた。

「ここに、日付と賭けた金額、負けた金額などを書きつけたメモがあります。メモの用紙は皇帝家の文様が刷り込まれたもの、そしてこの筆跡は、ニクラス殿下とそちらにいるヴェロニカ嬢に間違いないようですが？」

ヴェロニカがひくりと小さく喉を鳴らした。

ニクラスが真っ赤になって喚《わめ》いた。

「そ、そんなもの、どこから持ち出したっ？」

それには答えず、セガールは感情を抑えたように言う。

「ニクラス殿下、いや兄上。このメモによると、あなたたちの借金は莫大なものだ。私たち皇族の生活費は、国民の血税から得ていることをお忘れか？」

静かな口調の背後に怒りが満ちていて、ニクラスは気圧されたように口を噤《つぐ》んだ。

セガールは悲痛な表情になった。

「兄上、私はとても悲しい。次の皇帝になる者が、己が快楽を第一に考える人物だとは。あなたには、上に立つものとしての自覚がまったくないのですね」

するとニクラスはせせら笑うように言い返した。

「それほどお前は皇帝の位が欲しいか？　二番手のくせに、浅ましい。昔からお前は、父上の気を引こうと、やたら手柄を立てたがっていたからな。次期皇帝の私をずっと妬ましく思っていたのだろう？」

敵愾心《てきがいしん》むき出しの言葉に、思わずソフィアは反論の声を上げようとした。しかし、その前にセガールが、きっぱりと返した。

「ええ、私は皇帝の位が欲しい」

堂々とした言い方に、ソフィアすら息を呑んだ。

セガールはまっすぐにニクラスを見つめて続けた。

「だが、それは権力や金のためではない。シュッツガルド皇帝家は、常に国を憂い民の幸福を願って統治してきたのだ。私はその意志を引き継ぐだけだ。兄上とは違う」

ニクラスが口角泡を飛ばさんばかりにがなりたてた。

「きれいごとを言うな！　次期皇帝を失脚させようとする反逆者めが！」

セガールは冷ややかにニクラスを見下ろし、小さくため息をついた。

「――もう一つの件だけは、伏せておきたかった。だが、兄上にはもはやこの国を任せられないと、はっきりわかりました」

セガールは、上着の内ポケットから小さなガラス瓶を取り出した。淑女が頭痛薬などを入れて懐に忍ばせておくためのよくある薬瓶だ。彼はそれをぐいっとニクラスとヴェロニカに突き出した。

「これは、ヴェロニカ嬢の化粧台の奥から発見したものです」

ヴェロニカが真っ青になった。ニクラスも息を呑む。

セガールは瓶の蓋を取り、鼻に寄せた。

「百合の花の香り――医師の分析では、父上の枕元のアロマポットに入っていた劇薬と同じものだそうだ」

突如、ヴェロニカがニクラスを指差し、甲高い声で叫んだ。

「わ、私は知らないわ！　ニクラス殿下が私に渡したのよ！　お見舞いの際に、アロマポットにこっそり忍ばせろって。私は無関係です！　だ、だってまだ結婚もしてませんもの。私は、ただ殿下の命令に従っただけよ！　私は無実だわ！」

「裏切るのかっ、毒を持ち込んだのはお前だ！」

ニクラスがどなり返し、憎悪の眼差しでヴェロニカを睨む。

二人は憎々しげに見つめ合った。

ニクラス皇太子が皇帝陛下の暗殺を企てていた——ソフィアは恐ろしい事実の衝撃に、腹の底から冷たいものがせり上がってくる気がした。ニクラスとヴェロニカの醜態を、セガールは哀れんだ表情で見ていたが、断固とした口調で言った。

「もはや兄上に、この国を任せられない。あなたは法を犯した。犯罪者は、皇帝家から追放される決まりなのをご存じですね？」

「犯罪者——だと？」

穴の空いた風船のように、みるみるニクラスから勢いが消えていく。

彼はがくんと椅子に腰を沈めた。ヴェロニカも床にへたりこんだ。

セガールはバルツァー公爵官房長官に顔を向けると、静かに命じた。

「バルツァー公爵官房長官、アッペル公爵とウンガー伯爵を賭博法違反で逮捕せよ。ニクラス殿下とヴェロニカ嬢は、事情聴取のため、一旦私室にて外出禁止で待機願う」

「御意」

バルツァー公爵官房長官が大きく手を打ち鳴らすと、外に待機していた警備兵たちが音もなく部屋に入ってきた。

警備兵たちはまず、アッペル公爵とウンガー伯爵を引き立てていった。

バルツァー公爵官房長官が、身じろぎもしないニクラスとヴェロニカを丁重に促す。

「殿下、ご令嬢、どうかこれ以上はご自身を貶めぬよう。どうか粛々と願います」

ニクラスがのろのろと立ち上がり、ヴェロニカには目もくれず部屋を出ていく。ヴェロニカは警備兵たちに両脇を支えられ、引き摺られるように退場した。

最後に部屋を出たアデールは、セガールに深々と一礼した。セガールがうなずくと、彼女は静かに扉を閉める。

控え室には、セガールとソフィアだけが残された。

静寂が二人を包む。

ソフィアはまだこの急展開が完全には理解できていなかったが、セガールが窮地を逃れたのだけははっきりとわかった。

「セガール様……よかった。あなたに何事もなくて、本当によかったです」

心を込めて言うと、堅い表情でニクラスたちを見送っていたセガールは、みるみる顔をほころばせ、柔らかい笑みを浮かべた。

「それはこちらのセリフだ。ソフィア。あなたに怖い思いをさせてしまった」

それから彼は、両手を差し伸べた。

「許してくれ」

ソフィアは思わずその両手を握りしめていた。

「なにもセガール様が私に謝罪することなど、ありません」

セガールは苦しげに顔を歪ませた。

「いや——この日の、兄上の次期皇帝継承宣言を阻止するために、あなたをここに招いたのは、私なのだ」

「え？」

ぽかんとしていると、セガールがソフィアの目をひたと見つめて言う。

「アデールは私の命令で、兄上に取り入ってあちら側についたふりをして、私のために動いてくれていたのだ。私は兄上が賭博に興じている事実と父上の暗殺未遂の件を探り、なんとかこの日までに証拠を挙げようと必死になっていた。だが、アッペル公爵とウンガー伯爵に自白させるのに時間がギリギリになりそうで、窮余の策で、あなたを城に呼び込み、兄上の目をあなたの方にそらせて、時間を稼いだんだ」

「……では、私がここへ来ることを、ご存じだったのですね？」

「ああ——あなたの誠意を利用した形になった。本当にすまなく思う。けれど、おかげでなんとか事態は収拾できた。心から謝罪し、感謝する。私を好きなだけ非難してくれ」

ソフィアは首を横に振る。

「いいえ、少しも、少しも。正義はなされたのですから」

セガールのためなら、利用されようが騙されようが少しも構わない。

ここに来るために、命を賭してもいいと思っていたのだ。

そして、これまでずっと良心の呵責に苦しんでいた胸の内を吐露した。

「セガール様。私、本当はニクラス殿下が賭博に興じている場に遭遇して――知っていたのです。でも、病弱な母を脅かすと恐喝されてしまって、あなたに打ち明けられなかった……もっと早く、私が勇気を振り絞っていたら、こんな切羽詰まった事態にならずに済んだかもしれません。どうか許してください」

告白しているうちに、涙が溢れてくる。セガールはじっとソフィアを見つめたまま、首を横に振った。

「いや。卑怯なのは、弱いものを盾にした兄上だ。あなたはずっと、大きな秘密を抱えて苦しんでいたのだね。可哀想に」

セガールの手がソフィアの頬に伝う涙をそっと指で拭ってくれた。

その仕草のあまりに繊細で優しい動きに、とうとう、ソフィアの心を薄い鋼のように覆っていた鎧が、音を立てて砕け散った。

ソフィアはわずかに身を引き、居住まいを正した。

「セガール様。この事件が決着し、私の役割も終わりました。私はこのままお城を辞去させていただきます――私は……」

セガールがわずかに顔を強張らせた。彼は初めて見るひたむきな様子で口を開く。

「ソフィア――私は」

ほぼ同時に、ソフィアも言葉を発していた。

「あなたを愛しています」

「あなたを愛しているんだ」

一瞬、時間がぴたりと止まったような気がした。

二人は目を見開き、互いを穴が空きそうなほど凝視した。

息をするのも忘れ、わずかな動きでその場の時間が再び動き始めてしまいそうで、指一本動かすこともできない。

最初に沈黙を破ったのはセガールだった。

彼は懇願するように両手を差し伸べる。

「ずっと、あなただけを愛してきた」

「っ――」

まさか、そんな、信じられない。

ソフィアは身を強張らせながらも声を振り絞る。

「ずっと……って、いつから……？」

セガールは一途な眼差しを据えたまま、静かに言った。

「十年前――あなたが、父上の前で国歌を独唱したときから」

「あのとき？……まさか、そんなに前から私のことを？　で、では、噂で、セガール様に想い人がおられるようだというのは、私のことだったのですか？」

セガールがうなずく。

「ああ、ずっとあなただけを愛していた。いつか必ず、あなたを私の妻にしようと、ひたすらあなたの成長を待っていたのだ」

ソフィアは感動で胸が熱くなり、うまく言葉を紡ぐことができない。

「でも、だって……皇帝陛下の意向で、わ、私はニクラス様の婚約者に指名されて……」

セガールは哀愁を含んだ眼差しになる。

「あれには本当に絶望した。私は所詮二番目の皇太子だと、思い知らされた。だが、あなたを我が手にするなら、なんでもしようと決意したんだ」

「なんでも……？」

セガールは薄く笑う。

「兄上が無類の女性好きで、手が早いことはわかっていた。清廉なあなたが、結婚前に不埒な行動を許さないのも確信していた。だから――例年行われる馬術大会の折、例年より多くの適齢期の美しい令嬢たちを招待して、兄上に引き合わせるように手を打った。玉の輿に乗ろうと、誰もが目の色を変えて皇太子の目を引こうとするだろうからね。案の定、兄上はあなたと正反対のタイプの、肉感的で奔放そうなヴェロニカ嬢に心惹かれた。そこからの展開は、私の目論んだ通りになった。あなたは、婚約破棄された払い下げの令嬢を私が渋々引き受けたと思ったかもしれないが、私は天にも昇る心持ちだったのだ」

目を丸くして、ソフィアはこれまでの経緯を聞いていた。

ソフィアにとっては、人生が二転三転するような事態だったが、その裏でセガールが周到に手を回していたのか。すべては、彼の思惑通りになったというのか。

「でも……もしかしたら、ニクラス殿下はどの女性にも心奪われず、私と結婚なされてしまったかもしれません。そうしたら、セガール様はどうなさるおつもりでしたか？」

違う人生の可能性も否定できなかったのだ。

セガールは端整な顔に深い陰影を浮かべて、静かに答えた。

「そのときには、私は生涯独身を貫き、陰で一生あなたを守ろうと決意していた。兄上を支え、国家の繁栄に力を尽くし、あなたと民が幸せでいつづけられるようにこの身を捧げようと、決めていた」

「そ、そんな……！」

なんと重く強い愛情だろう。

思えば、ソフィアの送迎の護衛として再会したときから、セガールは悲壮な決意を固めていたのだろう。でも、彼の包み込むような大きな愛情は、自然と内側から滲み出て、ソフィアの心に侵食していったのだ。愛さずにはいられなかった。

ソフィアの心に、しみじみとセガールへの愛情が満ちてくる。

今こそ、自分の心の内をすべてさらけ出そう。

「セガール様——私はずっとあなたが寛大なお心と憐れみで、ニクラス殿下に払い下げられた私と結婚してくださったのだと、思い込んでおりました。だから、あなたを愛していることを告げられなかった。あなたの負担にだけは、なりたくなかった。でも、あなたのためなら、私も命を捧げる覚悟でおりました」

セガールが晴れやかな笑顔になる。

「私たちは、ずいぶんと遠回りをしてしまったな」

ソフィアは差し伸べられたままのセガールの両手に、静かに自分の手を預けた。

「本当に……でも、こうやってやっと心が通じました。もはや夫婦ではなくとも、私の心は安らかです」

ふいに、セガールがくすりと含み笑いをした。

「ソフィア。私たちはまだ夫婦だ」

「え？　だって、私は離婚届にサインをしてセガール様にお渡ししました」

きょとんとすると、セガールは白い歯を見せた。

「そんな書類、とっくに暖炉にくべてしまった。あのときは、思い詰めたあなたの気持ちを落ち着かせるのと、ニクラスの不穏な動きが感じられたので、あなたを城にとどめておくのは危険だと判断したからだ」

ソフィアはぽかんと口を開けてしまう。

「そ、そうだったのですか……」

セガールが両手をぎゅっと握り、自分の方に引き寄せた。

「あ」

彼の大きな胸に抱き込まれる。

セガールはソフィアの髪に顔を埋め、深く息を吸った。

「やっと手に入れたのだ。逃すはずがないだろう」

抑えていた情熱が迸るような熱い口調に、ソフィアの胸が幸福感でいっぱいになった。両手をセガールの背中に回し、想いを伝えたくて強く抱き返す。

「嬉しい……愛しています、きっと、再会したときからずっと、私もあなたを愛していました」

「ソフィア」

「セガール様」

二人はきつくきつく抱き合う。

鼓動は共鳴し、二人の身も心も一つに溶け合うようだ。

長い時間そうして互いのぬくもりを確かめていた二人は、ゆっくりと腕をほどき、まっすぐ見つめあった。セガールの静謐な青い瞳の奥に、ひりつくような恋情を感じ、なぜ今までこの秘めた情熱に気がつかなかったのかと、我ながら悔やまれる。セガールの顔が自然と寄せられる。

「愛している」

「愛しています」

「愛している」

「愛しています」

「愛している」

「愛し……んっ……」

愛の言葉とともに、唇が重なった。

互いの唇は驚くほど熱を持ち、触れ合った途端、一つに蕩けていきそうだ。あまりに心地よい口づけに、うなじのあたりが甘く痺れてくる。

「ん、んんぅ、んん……」

くぐもった声を上げると、セガールの舌が忍び込んできて、口づけは深いものになる。

「……はあ、は、ん、ふぁ……ぁ」

舌を絡み合わせ、互いの気持ちを伝え合うように強く吸い合い、溢れる唾液を啜る。セガールの手がソフィアの後頭部を抱えて固定し、口づけはさらに情熱的なものになる。

「んんぅ、あ、は、ぁ、あぁ……ん」

めくるめく陶酔感は、つーんと身体の芯を甘く疼かせ、官能的な欲望がせり上がってくる。

それはセガールも同じだったようで、ソフィアの舌を堪能しながら、彼の片手がソフィアのドレスの背中のボタンを次々外していく。

「ぁ、だめ……」

身じろぎして拒もうとしたが、セガールはかまわずドレスの胴衣を半脱ぎにさせてしまい、唇を外すと、露わになった肩口から白い胸元にかけて、口づけを落とし始める。

「は、あぁ、あ……」

濡れた唇が肌を這うと、ぞくぞく背中が慄いた。

セガールは、剥き出しの胸丘にちゅっちゅっと口づけしながら、掠れた色っぽい声でささやく。

「別れていた間、あなたが恋しくて恋しくて、堪らなかった。いずれあなたを取り戻すとわかっていても、側にあなたがいない寂しさに、心が震えていた」

その切実な告白に、じわっと花弁が濡れてしまい、四肢から力が抜けていく。

「……セガール様、私だって……あなたが恋しくて、死にそうでした……」

息を乱して答えると、セガールはソフィアの細腰をひょいと抱えた。そのまま彼はテーブルに腰を下ろし、自分の膝の上にソフィアを乗せ上げた。

そして再び透き通った白い肌を味わう。きつく吸い上げられ、点々と赤い痣が肌に散る。少し乱暴なその行為すら、ソフィアの劣情をどんどん煽ってしまう。

「あ、あぁ、セガール、様……ぁ」

もじもじと腰を揺すると、セガールはコルセットの背中の紐をもどかしげに解いていく。そして、剥き出しになった乳房に顔を埋め、すでに硬く尖がっている乳首を口に含んだ。

「はあっ、あ、あぁ」

少し舐められただけで、痺れるような快感が全身に走り、ソフィアは背中を仰け反らせて甘く喘いだ。

乳首を口中で転がしながら、セガールは片手でソフィアのスカートを大きく捲り上げた。下穿き越しに、セガールの下腹部に息づく、灼熱の欲望の漲りを感じ、ソフィアの媚肉は淫らな期待にひくひく蠕動した。

「ああもう、我慢できぬ。ソフィア、あなたの中に早く挿入りたくて、もう堪らない」

セガールはトラウザーズ越しに硬く張り詰めたものを、ぐりぐりとソフィアの太腿の狭間に擦り付けた。

「あ、あぁ、来て、もう、セガール様……」

ソフィアも一刻も早く繋がりたくて、自ら下穿きを引き下ろそうとする。セガールも性急な動きでトラウザーズの前立てを寛げ、互いの熟れて濡れた性器を露わにした。

セガールは屹立した男根の根元を片手で支え、ソフィアの股間に押し付ける。

「挿入れるぞ、ソフィア」

「セガール様、早くぅ……」

ソフィアは腰を浮かせ、両足を開いて受け入れる体勢になる。

ぬくりと硬く張った亀頭が、すでに濡れそぼった花弁を割って押し入る。

「あん、は、はぁ……っ」

太いカリ首が飢えきった媚肉にずぶずぶと侵入し、満たされる快感にソフィアは甘い嬌声を上げた。

「あ、あ、奥まで……届く……あぁ、これ……」

浮かせた尻をそろそろと下ろしていくと、今までよりももっと深く繋がっているようで、最奥がかあっと熱く燃え上がり、深い愉悦が生まれた。

「すごい──奥が吸い付いて──なにも動いていないのに、あなたがきゅうきゅう締めてくる。なんて心地よい──天国にいるようだ」

ぴったりと一つになり、セガールが酩酊した声を漏らす。

「んんぅ……セガール様、気持ちいい、ですか？」

浅い呼吸を繰り返すと、そのたびに勝手に蜜壺が収斂して、極太の肉棒の硬さに快感が増幅していく。

「あすごくよい――世の中で、これほどの快楽があると思えない。あなたとだからこそ――」

セガールの息も荒くなり、彼が正直に快感を口にするのがじんと心に染み入る。ソフィアは両手でセガールの頭を抱きしめ、彼のさらさらした黒髪に顔を埋めて深く匂いを嗅ぐ。彼のいつも身に纏う柑橘系のオーデコロンの香りに、うっとりしてしまう。

「もう、動くぞ」

セガールがその言葉と共に、ずん、と深く腰を穿ってきた。

「はあっ、あ、あぁっああ」

その深い挿入で、ソフィアはあっという間に達してしまった。

「ああいい、すごくいい、ソフィア、あなたの中、すごく――」

うわ言のように繰り返しながら、セガールはがつがつと腰を突き上げてくる。

「はっぁ、あ、あ、いい……あぁ、また、達って……あぁあん」

膨れた先端が最奥の感じやすい部分を、強く押し上げ、どうしようもなく感じてしまう。太い竿の根元が、鋭敏な秘玉を押し潰すように刺激し、同時に肉胴は熟れた膣襞を擦り上げ、どこもかしこも深い媚悦を生み出す。

「熱い――溶けてしまう、ソフィア、幸せだ、ソフィア、愛している」

セガールはソフィアを激しく揺さぶりながら、艶かしい声でささやく。

「……ああ、はぁ、あぁん、あ、セガール様、いいっ、気持ちよくて、たまらないの……あぁ、好き、愛してます……っ」

何度も激烈な絶頂を極めてしまい、ソフィアは熱に浮かされたように嬌声を上げ続ける。

「あぁ、セガール様、もっと……して、もっと愛して……っ」

「いいとも、愛しいソフィア、こうか？　もっとか？」

「ひっ……うぅん、あ、あ、そこ、いい、あぁ、そこ、いいのぉ、はぁあ」

痺れる愉悦が背中から脳髄を繰り返し駆け抜け、熟れた媚肉はきゅうきゅうと硬い肉茎を締め付けては、さらなる快感を得ようとする。

「ああソフィア、あなたの中いやらしくうねって、腰が止まらぬ。最高だ、ソフィア、好きだ、愛している」

「あぁ、はぁ、私も、好き……あぁ、セガール様、好き、ぁ、好きぃ……っ」

二人は互いの律動に合わせて腰をうごめかせ、同じ高みへ向かって上っていく。

どちらからともなく唇を合わせ、痛むほど舌を吸い合い溢れる唾液を嚥下し、淫らに腰を振り立てた。

ソフィアの頭が悦楽で真っ白に染まり、最後の絶頂に四肢がピーンと強張っていく。

「ひあ、あぁあ、あ、もう、だめ、も、達く、あ、だめ、だめぇ……っ」

腰をガクガクと痙攣させ、ソフィアは大きく仰け反ってしまう。

「く――出すぞ、ソフィア、あなたの中に、全部――っ」

セガールが獣じみた呻き声を漏らし、ぶるりと大きく胴震いする。

「ああ、ください、いっぱい、あ、あ、ああ、あぁぁああ」

「は――っぁ」

どくどくと大量の欲望の飛沫が、ソフィアの最奥に放出される。

「……は、はぁっ、は……ぁ」

硬直が解けると、どっと全身から汗が吹き出した。

「――はぁ、は、ソフィア――」

すべてを出し尽くした二人は、互いに身体を預け合うような形で抱き合う。

そのままじっと、最高の快感の余韻に浸っていた。

「――愛している」

「愛しています……」

二人は繰り返し愛をささやき、柔らかな口づけをする。

蕩けるように甘く、この上なく幸福で――。

やっと互いの愛が通じた多幸感に、二度と離れないとばかりに強く抱き合って――。

最終章

それから三ヶ月後。

医師団の必死の治療の甲斐もあり、皇帝陛下は容体を持ち直し、意識が回復した。

セガールからすべての事情を打ち明けられた皇帝陛下は、退位を決意する。そして、次期皇帝にセガールを任命した。譲位した皇帝陛下は、郊外の別荘でゆったりと静養することとなった。

一方、暗殺未遂と賭博の罪に問われたニクラスは、すべての悪行を自白した。

ニクラスは、皇帝陛下と貴族議会の決定で国外追放の身となり、国境沿いにある古城で一貴族として隠遁生活を送ることとなったのである。ヴェロニカは当分の間、実家に謹慎の身となった。

——翌年。

セガールはシュッツガルド五世として、新たに皇帝の座に就いた。

皇太子時代からその政事の才能を高く評価されていたセガールの皇位就任は、国内外から歓喜の声で迎えられた。

ソフィアは晴れて、皇帝妃となったのである。

バルツァー公爵は、新皇帝の有能な臣下として、首相の地位を任命された。アデールはソフィア付きの筆頭侍女として、忠実に仕えている。

「皇帝妃様、次回の外交宮廷晩餐会の女性客の名簿をお持ちしました。確認してサインをいただけますか？」

ソフィアの私室に、バルツァー公爵首相が訪れた。

「あ、ごめんなさい……少し気分が悪くて」

ゆったりとしたドレス姿でしどけなくソファに横たわっていたソフィアは、急いで身を起こそうとした。

バルツァー公爵首相が、慌ててそれを押しとどめる。

「いえ、皇帝妃様、どうかそのままで。大事なお身体でございます。横になったままで結構でございます」

ソフィアは微笑む。

「ありがとう、首相。では、失礼してそうさせていただくわ」

今、ソフィアのお腹には新しい命が宿っていた。

悪阻はそう酷くはないが、やたら眠かったり食欲が安定しなかったりすぐ疲れたりで、やはり体調はすぐれない。

バルツァー公爵首相は名簿を手渡す。

「今回、ご出産前に陛下と皇帝妃様の結婚式を急がせようと、その準備もありまして、書記たちもバタバタしております。私が手書きしましたのでお読みづらいところがあれば、遠慮なく申してください」

受け取ったソフィアは、名簿に目を通していた。

と、なにかがちかっと頭の中で閃く。

ソフィアはまじまじとバルツァー公爵首相の筆跡を見つめ、脈動が速まるのを感じた。顔を上げたソフィアは、声を震わせる。

「あなただったのですか？　バルツァー公爵首相」

「は？」

相手が怪訝な表情なので、ソフィアは思わず身を起こして言い募った。

「この筆跡、『篤志家様』からのお手紙と同じだわ。あなたが、私の家を支援してくださっていたのね？」

バルツァー公爵首相はハッと顔色を変え、いつになくしどろもどろになる。

「い、いえ——その、それは私では——」

「でもあなたでしょう？　そうでしょう？」

言い募るソフィアが興奮しそうな気配に、バルツァー公爵首相は体調を懸念したのか、諦めたように答えた。

「――私は代筆をしておりました」

「代筆？」

「『篤志家様』は――陛下でございます」

ソフィアは目を見開く。

「セガール様!?」

「はい――皇帝家の人々は特殊な飾り文字を使用なさるので、バレないように手紙は私が代筆していたのです」

ソフィアはどきどきと胸が高鳴った。

「では……ずっと、セガール様が支援してくださっていたのね」

バルツァー公爵首相は恭しく頭を下げた。

「御意」

ソフィアは感謝の念とともに苦笑も浮かんでしまう。

「なぜそれを黙っておられたのかしら――水臭いわ」

バルツァー公爵首相は頭を下げたまま答える。

「陛下は、このようなことを自慢げに話すお方ではございません。おそらく、皇帝妃様のお気持ちに、余計な負担をかけまいということなのでしょう。陛下はとても謙虚ですから」

ソフィアは合点してつぶやく。

「そうね。そういう人だわ、セガール様は……」

ソフィアはおもむろに立ち上がった。

「首相、この名簿は明日までによく目を通し、あなたの執務室へ届けます。私はセガール様にお会いしてきます。いいでしょうか？」

バルツァー公爵首相はわずかに顔を上げ、微笑ましげに目を眇めた。

「御意。今、アデールを呼びます」

ソフィアはアデールに手を添えてもらい、セガールの執務室へ急いだ。

「お妃様、どうかもう少しゆっくりお歩きくださいませ」

アデールが気遣わしげに声をかける。

「ええわかっている、わかっているけれど……」

セガールに会いたくて、気持ちがはやってしまう。

実家が落ちぶれて苦労していたとき、「篤志家様」の心のこもった支援にどんなに助けられたか、一刻も早くセガールに伝えたい。

廊下の途中の、一階へ繋がる中央階段のところまで辿り着くと、階下の踊り場のあたりからセガールの声が聞こえてきた。

そこで遭遇した臣下と、なにやら打ち合わせをしているようだ。多忙なセガールは、どこでも仕事をこなすたちなのだ。

色っぽい低い声を聞いただけで、ソフィアは胸がドキドキしてしまう。

階段の一番上から身を乗り出すようにして、セガールに声をかける。

「セガール様！」

ぱっと顔を上げたセガールが、ソフィアににこりと微笑みかけた。

「ソフィアか」

「あの、お話があります」

ソフィアはアデールの手を待たず、せっかちに階段を下りた。

階段の途中でスカートの裾を踏み、足が滑った。ぐらっと身体が揺れる。

「あっ……」

電光石火の速さでセガールが階段を駆け上がってきて、ソフィアを抱きとめた。

「ソフィアっ！」

彼は大きく息を吐き、常にない怖い顔で叱責してきた。

「無茶をするでない！　あなたはもう一人の身体ではないのだぞ！　あなたは少しぼうっとし

ているところがあるから、気が気ではない！」

大きな腕の中で、ソフィアは恥ずかしさに顔が火照るのを感じる。

「ごめんなさい……つい……」

しゅんとすると、セガールがすぐに柔和な表情になった。

「いや、無事だったからもういい。怒鳴ったりして悪かった。あなたの気持ちを乱すような言い方をして、私の方こそすまない。大事にしてくれ」

セガールが愛おしそうに、ぎゅっとソフィアの身体を抱き直す。

その刹那、ソフィアの頭にぱあっと忘れていた記憶が蘇った。

その昔、こんなふうに誰かに身体ごと庇ってもらった。

皇城の花壇。

母の好きな古い歌。

話しかけてきた美しい少年。

そして、突然襲ってきた大きな怖い犬。

そうだ、あの少年が身をもってソフィアを犬の襲撃から守ってくれた。少年は犬に腕を噛まれて、血が吹き出した。

幼いソフィアは怖くて大声で泣いてしまった。

『怖くないよ、君、僕がいるから――』

大怪我をしているのに、少年はソフィアを気遣ってくれた。

あのときの勇敢な少年こそ、セガールだと、今やっと理解した。

しかし彼は、腕の残った古い傷跡の理由を口にはしなかった。

『陛下はとても謙虚ですから』

先ほどのバルツァー公爵首相の言葉が頭に蘇る。

そういう人なのだ。

海よりも深く空よりも広い愛で、ソフィアを黙って守ってくれる。気づかないところでも、セガールの愛はソフィアをしっかりと包んでいるのだ。

「ああ……セガール様……ったら……」

ソフィアは泣きそうな目で、まじまじとセガールを見つめる。

セガールが不思議そうに見返してくる。

「どうした？　どこか打ったか？　痛いか？」

ソフィアは泣き笑いで首を横に振る。

「いいえ、いいえ……」

「そうか、よかった」

安堵したようにセガールが白い歯を見せる。

ソフィアはその美麗な笑顔に見惚れていた。

セガールが言い出さないのなら、ソフィアから切り出すことはすまい。

慎しみ深い彼を、気まずくさせたくはない。

ただ、セガールへの愛が一層深まったのを感じる。

「――ところで、こんなに急いで、私にどんな用があったのだ？」

セガールが生真面目な顔で聞いてくる。

ソフィアはとびきりの笑顔を浮かべ、気持ちを込めて言った。

「愛しています。あなたを心から愛しています。それを伝えたくて……」

セガールが照れ臭そうに、目の縁をうっすらと染めた。

「馬鹿だな、そんなことはわかっている。火急の用でもあるまい」

「ふふっ、そうでしたね」

二人は目を見合わせ、心底幸せそうに笑った。

番外編　決戦前夜の想い

ソフィアが城を下がって実家に戻って、ひと月になろうとしていた。

セガールは午前中の執務を終え、自室に戻ってソファで休憩をとっていた。

普段と変わらないように努めていたが、ソフィアが側にいないと心に大きな穴が空いたように虚しい。だが、ソフィアを諦めてはいない。

目を閉じて、今後のことに考えを巡らせる。

とそこへ、扉をノックしてバルツァー公爵官房長官が入ってきた。彼はひとつづりの書類を差し出す。

「おやすみのところ失礼します。ご命令の調査が上がってまいりました」

「そうか、やっとか！」

セガールはパッと目を開き、書類を受け取る。

素早く内容を確かめた。そして独り言のようにつぶやく。

「やはり——兄上は違法賭博に耽《ふけ》っておられたのだな。兄上を誘った主犯は、アッペル公爵とウンガー伯爵か。兄上絡みの身分が高い人ばかりゆえに、警察もおいそれと調べることもかなわなかったのだろう。それで今まで野放しになっていたのだな」

「その通りでございます。いかがしましょうか？」

バルツァー公爵官房長官が答えた。

セガールは腕組みをして考え込む。

「来週には兄上とヴェロニカ嬢の婚約式が執り行われる。その後は、兄上は満を持して皇位継承宣言をするだろう。そうなったら、最高権力を握った兄上は賭博を合法化するに違いない。これは、時間がないな」

バルツァー公爵官房長官が気遣わしげに答える。

「急ぎご命令くだされば、アッペル公爵とウンガー伯爵の取り調べを行います。皇帝家直属の近衛警察隊なら、取り調べに応じないわけにはいきませんから」

「わかった、即時に命令する。だが、表立って動けば兄上に気取られてしまう可能性がある。極秘に行う必要がある——なにか兄上の気を逸らすような行動も必要だ」

セガールはさらに考え込む。

ふいに彼は顔を上げ、真剣な表情でバルツァー公爵官房長官を見据えた。

「時は満ちたな」

バルツァー公爵官房長官が表情を引き締めた。

「ついに、ですね」

「私は時期皇帝になる。そして、必ずソフィアを我が手に取り戻す」

セガールの声は悲壮な決意に満ちていた。

「どれほどそのお言葉を渇望しておりましたでしょう」

バルツァー公爵官房長官が頭を深く下げた。

セガールはすっくと立ち上がり、机に向かうと手元に白紙の書類を引き寄せ、さらさらと書き付けながら言った。

「兄上は私がソフィアを失って意気消沈していると思っている。兄上は色恋沙汰には目がないからな。それを利用しよう」

彼は書き終わった書類をバルツァー公爵官房長官に手渡した。

「この命令書を近衛隊長に手渡してくれ。それと、アデールを呼んでくれ。彼女に重要任務を与える」

「かしこまりました」

受け取ったバルツァー公爵官房長官は顔を紅潮させた。

「いよいよですね」

意気揚々とバルツァー公爵官房長官が退出して、程なく、アデールがノックする。

「失礼します殿下。お呼びでしょうか」

「ああ入ってくれ」

アデールが静かに入室し、セガールの前で頭を下げる。

「お前にはいろいろ大変な役目を背負わせてしまった。それなのに、文句一つ言わずよく仕えてくれた。ソフィアもお前のことはとても気にかけていた」

　アデールはわずかに感情を表に出す。

「私も――第二皇太子妃様には大変お心遣いいただき、心から感謝しております」

「そう言ってくれるとありがたい。お前に最後の重大な役目を与える。ソフィアと私のために、どうか力を貸してほしい」

　セガールは気持ちを込めて言った。

　アデールは心打たれたような表情になった。

「なんでもおっしゃってください。第二皇太子殿下と妃様のためなら、私は全力を尽くしましょう」

「ありがとう。ではこれから指示を与える――」

　アデールはセガールの言葉をひと言も聞き逃すまいとするように、耳を澄ませた。

「来週、兄上とヴェロニカ嬢の婚約式が執り行われる。盛大な祝賀で大勢の賓客が招かれ、仮面舞踏会も開かれる予定だ」

「はい、そのようですね」

　セガールは決然と告げる。

「その舞踏会場に、ソフィアを手引きし、私に会わすようにして欲しい。その上で、この計画を兄上側に漏れるように立ち回って欲しいのだ」

アデールは目を見開く。

「妃様をですか？　な、なぜそのような無謀なことを？」

セガールは声を顰めた。

「目くらましだ」

「目くらまし？」

「国のために志を遂げるためだ」

「――志」

アデールが口の中でつぶやいた。賢明な彼女は、悟ったようだ。

「かしこまりました」

セガールはうなずく。

「信頼している。手引きの詳細な計画は後で書面でお前に届ける。二枚、同じものをな」

「なるほど。そのうちの一枚を、うっかりニクラス殿下の配下の者のいる前で落としてしまえばいいのですね？」

セガールは笑みを浮かべた。

「あなたは実に聡い」

アデールも微笑を浮かべた。

「おそれいります。でも、殿下が妃様にひと目お会いしたい気持ちは、真実でしょう？」

セガールは苦笑した。

「かなわぬな、その通りだ」

計画をすべて呑み込んだアデールが部屋を出ていくと、セガールは窓際に寄った。

そして、窓を大きく開ける。心地よい風が吹き込んで、セガールの髪をなびかせた。彼は深く息を吸う。そして、愛するソフィアに想いを馳せた。

「ソフィア、もうすぐあなたを我が手に抱きしめる時が来る。待っていてくれ。必ずあなたを取り戻す──愛している」

この想いが風に乗り、ソフィアの元まで届くといいと心から願って──。


翌日。

ニクラスがヴェロニカにしなだれかかられながら、皇城の廊下をそぞろ歩いている時だった。

「兄上！」

廊下のあちら側から、セガールがやってくる。

彼は二人の前まで来ると、悲壮な表情で訴えた。

「兄上、どうかソフィアを私の元に戻していただけませんか？」

ニクラスはいつになくせっぱ詰まった様子のセガールを、じろりと睨《にら》む。

「なにをたわごとを。あの女は父上暗殺の容疑者だぞ。追放しただけですんで、ありがたいと思え」

するとセガールは、矢庭にその場に平伏した。

「兄上、どうか、この通りだ。私はソフィアがいないとだめなのだ。どうか、どうか彼女を許してください」

彼は床に頭を擦《こす》り付けんばかりにした。

ニクラスは勝ち誇ったような顔でセガールを見下ろす。

「未練がましいぞ、セガール」

するとヴェロニカもかさにかかって言い放つ。

「いやねえ、あんな女に執着なさるなんて。セガール様にもどこかやましいところでもおありなのではないのかしら？」

セガールはニクラスの足にすがらんばかりに懇願する。

「兄上、どうか、兄上」

ニクラスは鬱陶しそうに身を引いた。

「見苦しい、無駄だ。行こうヴェロニカ」

ヴェロニカはニクラスの腕にもたれるように腕を絡めた。

二人は土下座しているセガールをそのままに、行き過ぎた。

「ふん、弟もああなってはもう終わりだな」

ニクラスが高慢に言う。

「でも陛下、お気をつけあそばせ。セガール様はあの女をこっそりお城に呼び戻したりするかもしれませんわ」

ヴェロニカの狡猾《こうかつ》そうな言葉に、ニクラスはニヤリとした。

「うむ、気をつける。だがそれはそれで、思う壺だ」

二人は顔を見合わせ、下卑《げひ》た笑いを漏らす。

セガールは平伏したまま、肩越しにそんな二人を鋭く見遣った。

「計算通りだ」

セガールは独りごちた。

一方で、クラウスナー公爵家の屋敷では――。

ソフィアは普段通り母の世話を終えると、自室に戻った。やりかけの刺繍でもしようかと裁縫箱を取り出したが、すぐに手が止まってしまう。

気がつくと、愛するセガールのことばかりを考えている。

自分から望んで離婚を切り出したのに、離れてみればさらに恋しい。

仕方なく気晴らしにと、机の引き出しから「篤志家様」からお手紙を取り出し、読み返す。

『あなたの幸せをいつも祈っています。もしあなたにどんなに辛いことがあろうと、神様はその人に乗り越えられない試練はお与えにはなりません。常に希望を失わないように。私はそう信じています』

一番最近の手紙にはそう書かれてあった。

世間の建前には、ソフィアが気鬱の病で静養のために一時城を下がったということにしてあったので、『篤志家様』もそれを心配してくれているのだろう。

よもや、国王陛下暗殺のあらぬ嫌疑を掛けられ、セガールのために別れたのだとは思いもしないだろう。

ため息をついて手紙を仕舞うと、窓際の椅子に座りぼんやりと風に当たっていた。頬《ほお》を撫《な》でるそよ風の感触が、なぜかセガールの指先で触れられているように感じられ、胸がきゅうっと痛んだ。

いつの間にか、国歌を口ずさんでいる。

「栄光なる我が祖国　シュッツガルド――」

いつぞやお茶会の席でヴェロニカに嫌がらせをされた時に、セガールに助け舟を出してもらい国歌を歌ったことがあったな、と甘酸っぱく思い出す。

「そういえば――あの時セガール様は、私に最後まで国歌を歌うようおっしゃったけれど、どうして私が十二番まで歌えるってご存知だったのかしら……」

歌を歌うのは幼い頃から大好きだった。家が裕福だった頃には子ども聖歌隊に入っていたくらいだ。

母から聞いた話では、五歳の頃に国王陛下の前で国歌を披露したこともあったらしい。その時に、一生懸命に練習して十二番まで歌えるようになったのだという。その当時の記憶は曖昧だ。晴れがましい出来事だったはずなのに、とても怖い目に遭ったような気もする。

あの場にセガールもいたのだろうか。いずれにせよ、幼いソフィアのことなど覚えているはずもない。

もう二度とセガールとは会えないのだ。

目を閉じると、セガールの姿が瞼に浮かぶ。髪に頬に唇に、彼の口づけの感触が蘇《よみがえ》る。

「セガール様……」

セガールの低い声、吐息、柔らかな唇、熱い舌の動き、繊細な指使い、引き締まった筋肉、そして——猛々しくソフィアの胎内を搔《か》き回し突き上げ官能の悦びに押し上げる肉茎。

なにもかも覚えている。

「セガール様、会いたい、会いたい……」

つーんと子宮の奥がせつなく痺《しび》れた。

「ん……」

そろそろと右手を胸元に下ろし、服地の上から乳房に触れてみる。

やわやわと揉《も》みしだくと、布地の内側から乳首がツンと尖ってくるのがわかった。

セガールの手の動きを思い浮かべながら、凝ってきた乳首を探り当て、指の腹でそっと撫で回す。ちりっと灼《や》けつくような甘い痺れが下肢に走る。

「ぁ、んっ、ん……っ」

セガールにされたように凝る乳首をそっと摘むと、えも言われぬ喜悦が次から次に襲ってきて、媚肉がひくひくと反応する。

「ふ、ぁ……ぁあ」

どうしようもなく感じてしまう。

別れる前は、毎晩のようにセガールに甘く抱かれていた。

快感を覚えてしまった若い肉体は、セガールがいなくて寂しくてやるせなくてしかたない。

蜜口がじゅんと潤んで、秘所がどうしようもなく疼《うず》いてくる。

「んん……」

右手で乳房をまさぐりながら、左手を股間に下ろす。

かさばるスカートをたくし上げ、ドロワーズの裂け目におずおずと指を潜り込ませた。

ほころんだ花弁はすでに潤い、指がぬるっと滑った。

「はあんっ……」

痺れるよう快感が背中に走り抜け、腰がびくりと浮いた。

「んふ……」

椅子の上でわずかに両足を開くと、蜜口から滞っていた愛蜜がとろりと溢れ出た。秘裂に沿って、ゆっくり指を上下させる。擽《くすぐ》ったいような刺激が間断なく襲ってきて、隘路《あいろ》の奥がきゅうっと締まった。そうするとさらにせつない快感が疼き上がる。

「……はぁ、は、あぁ……」

くちゅくちゅと淫らな音を立てて、蜜口の浅瀬を掻き回す。一人でなんて恥ずかしいことをしているのだろうと思うのに、手を止めることができない。

「ぁ、ああ、セガール様……ぁ」

愛しい人の手指の動きを脳裏に思い浮かべ、自慰に耽る。

感じ入るにつれ、両足がさらに緩んで開いてしまう。

「あん、んんぅ、は、はぁ……ぁ」

ぽってりと膨らんできた陰唇をぬるぬると撫でさすっているうちに、割れ目の上辺に佇む秘玉がじんじん疼いてどうしようもなくなる。触れてほしいと急き立てる。ソフィアが溢れる淫蜜を指で掬《すく》い取り、ぬめる指の腹でそっと陰核を撫でると、みるみるそこが芯を持って充血してくる。甘い愉悦が小さな突起を中心に、身体全体に沁《し》み渡っていく。

「あ、はぁ、あ、あ、感じちゃう……ぁ、あ、あ」

セガールがいつもしてくれるように、円を描くように花芽を撫で回すと、凄まじい快感が次から次へと襲ってくる。じんじんと灼けるような刺激が止められず、媚肉の狭間から新たな愛液がこぽりと溢れてくる。

「や、だめ、感じちゃ……あ、は、あぁん……」

こんなはしたない行為はやめようと思うのに、もっともっとと肉体が求めてくる。腰が求めるようにくねってしまう。

「あ、あぁん、あ、あ、あ、気持ち、いい……」

乳首を転がすのと同じリズムで秘玉をころころと転がすと、どうしようもなく感じ入ってしまい、腰が浮き上がり、快感がどんどん胎内に溜《た》まっていく。

「あ、あ、だめ、あ、あ、も、あ、もう……っ」

鋭い愉悦がぐんぐん下肢から迫り上がってくる。

「や、やぁ、あ、あぁ、あぁぁぁぁあっ」

背中が反り返り、爪先に力が篭もる。花芽の刺激だけで達してしまった。

「……は、はぁ、はぁ……ぁ、あ……」

達したばかりだというのに、内部はまだまだ物足りないというように、ざわめいて刺激を求めている。

「や、こんなこと……」

これ以上はダメだと思うのに、切羽詰まった官能の飢えに耐えきれず、ひくひく開閉を繰り返す媚肉の狭間にそっと中指を潜り込ませた。

「んぅっ」

濡れ襞を掻き分けて内部に指を押し込むと、蜜壺がぎゅうっと指を締め付けた。心地よさにため息が漏れる。

「はぁ、は、あぁん、は、はぁあ……」

セガールの腰の動きを連想しながら、ゆっくりと指を出し入れした。熱い柔襞を擦り上げる指の感触が気持ちよくて、手を動かし続けた。自分の内壁が、こんなにも熱く潤み貪欲に吸い付いてくるのを、初めて体感した。セガールの欲望もこんな風に感じているのかと思うと、劣情がさらに煽られる。

「んんっ、は、はぁ、あ、セガール様……ほしい……」

指などとは比べ物にならない太く硬い肉棒でここを突き上げてほしい。

ほしい、ほしい、恋しい、ほしい。

熟れ襞を掻き回しているうちに、臍《へそ》の裏側のぷっくり膨れた天井あたりを押し上げると、さらに強い快感を得られることに気がつく。

いつの、セガールの傘の開いたカリ首が、ここをぐっと押し上げるとどうしようもなく感じ入って乱れてしまう箇所だ。

細い指の刺激がもどかしく、指を二本に増やし、裏側の感じ安い部分をゆっくりと押し上げた。

「あっ、ああ、あ、ああ、い、いいっ……」

腰骨が蕩けるような快感がじわじわと下腹部全体に広がり、脳芯まで侵していく。

「はぁ、う、あぁ、セガール様、セガール様ぁ……」

ソフィアは指をうごめかせながら、愛する人との情交を思い浮かべた。

『挿入《い》れるよ、ソフィア』

艶めいた低い声が耳元でささやく。

『あ、ああ、セガール様、もう、来て……』

ソフィアは両足を大きく開き、セガールを誘う。

セガールの屹立した灼熱の欲望が、蜜口に押し当てられる。その熱いみっしりとした感触だけで、じーんと子宮の奥が甘く痺れてしまう。

『は、早く、早く、ください……』

ソフィアは自ら腰を振って、濡れ果てた陰唇でセガールの肉胴を擦り上げる仕草をする。

『ふふ、いやらしいね。そんなに私がほしいのかい？』

セガールは嬉しげな声を出し、しかし、そのまま動かない。

『ああん、意地悪……んっ、ふぁ、んんんぅ』

焦《じれ》ったく腰を振りたくると、亀頭の先端が蜜口の浅瀬を突つき、むず痒い快感が湧き上がる。そのうち、濡れに濡れた媚肉の中心に、ぬくりと先端が入り込んできた。

『……は、はぁ、は、ぁあ……ん』

腰を前後に揺らして、カリ首が肉襞を掻き出すように出入りさせる。

『いけない子だ。まだ私はなにもしていないのに、自分から気持ちよくなるなんて』

セガールがかすかに息を乱した。

『ああん、だって、だって、もう待てないの……』

ソフィアは涙目でセガールを見上げる。うるうると濡れた眼差しで見つめると、セガールの目に凶暴な獣欲の炎が点った。

『ソフィア――っ』

セガールは低く名前を呼ぶと同時に、滾《たぎ》り切った肉槍でソフィアの胎内を深々と貫いた。

『あぁっ、んんんん――っ』

不意打ちで最奥まで突き上げられ、ソフィアは瞬時に絶頂に達してしまう。全身を波打たせ、びくびくと四肢を震わせた。

『もう達してしまったのか？』

セガールは嬉しげにつぶやくと、深く挿入したままずんずんと腰を突き上げ始める。

『あっ、あ、あ、あぁ、あ、ぁあっ』

先端が子宮口あたりまで強く穿《うが》つと、脳髄まで響きそうなほどの愉悦が駆け巡る。セガールは情欲のまま、雄々しく抜き差しを繰り返す。

『く、あ、あぁ、だめぇ、そんなにしちゃ……あ、奥、が、当たって……』

ソフィアは目を見開き、苛烈な喜悦の連続に耐えようとした。

『ここが好きだろう？　ここか？』

セガールは心得たように、子宮口の少し手前あたりのソフィアがどうしようもなく乱れてしまう箇所をずくずくと抉り込んでくる。

『んンァ、ああ、あぁ、すごい、あぁ、すごい……っ』

繰り返される喜悦の太い衝撃に、ソフィアは鼻に抜けるような艶声を上げ続ける。

『はぁあ、深い、あ、セガール様、そこ、ああ、そこ、だめぇ……』

あまりに苛烈な快感に、甘く啜《すす》り泣きながら首をいやいやと振る。

『ここが悦いのだろう？　言ってごらん、もっと欲しいだろう？　もっとだろう？』

セガールは獰猛な欲望を剥き出しにして、がつがつと力強い抽挿を繰り返す。普段は穏やかで理性的なセガールが、雄の本性を露わにして求めてくる。それがソフィアの身も心も蕩かし、ダメにしてしまう。

『あ、あぁ、も、っと……ぁあ、もっと、めちゃくちゃにしてぇ……っ』

ソフィアも理性をかなぐり捨てて、一匹の雌と化してセガールを求める。

熱い怒張を突き入れられるたびに、肉壺がぎゅうぎゅう収斂《しゅうれん》して締め付けては、自ら快楽を生み出してしまう。

『いいとも、ソフィア、望むものを上げよう』

セガールはソフィアの両足を抱え込み、二つ折りにするような体位にさせ、全体重をかけるようにし激しく肉棒を穿ち始める。

『ひあっ、あ、あ、壊れちゃう……あ、あぁ、すごい、あぁ、おかしく……なって……』

続けざまに絶頂に飛ばされ、ソフィアは白い喉を仰け反らせ目を見開いて、甲高い嬌声を上げ続けた。

『ああー、あー、また、あ、また達《い》っちゃう、あ、またぁあ』

最奥を抉られるたびに、意識が飛ぶような愉悦が襲ってきて、ソフィアの意識は真っ白にかすみ、腰がガクガクと痙攣を繰り返す。

『ああ悦いよ、とても悦い、ソフィア、最高だ』

セガールも官能の悦びに陶酔したような声を漏らし、ソフィアのすべてを奪い貪ろうとする。

『……あ、あぁ、あ、終わらない……あぁ、もう、達ったのにぃ……終わらないのぉ……』

繰り返し絶頂を上書きされ、そこから戻らなくなる。

あまりに行きすぎた快楽は、苦痛と恐怖すら与える。

セガールの剛直が行き来するたびに、粘膜の結合部から、愛液と先走り液の混じったものが攪拌《かくはん》され泡立って溢れてくる。

『まだまだ。もっとおかしくなれ』

セガールは深く腰を沈めたまま、愛液をまぶした指でソフィアの秘玉に触れてきた。

『あきゃっ、あ、あ、だめ、そこだめ、だめぇだめぇ……っ』

ソフィアは悲鳴を上げる。

目の前にちかちかと快楽の火花が散った。

しかしセガールは容赦無く、敏感な花芽をすり潰すように揉み込んだり、指の腹で小刻みに揺さぶったりして、ソフィアをさらに淫らな奈落へと追い込んでいく。

『あぁぁあ、あ、あ、許して、も、あぁ、おかしく、あぁあ、おかしくなって……』

ついには絶頂に達きっぱなしになってしまい、ただただ全身をおののかせながら、ソフィアは愉悦を貪るだけの雌になり切ってしまう。

『も、もっと……あぁ、もっと、して、おかしくして……あぁ、い、いいっ』

ソフィアは逼迫した表情で、声高に叫ぶ。あまりに嬌声を上げすぎて、声が枯れてしまう。

セガールは果敢にソフィアを責め立てながら、獣のような獰猛な声でささやく。

『私を愛しているか？　ソフィア？』

『あ、あぁ、愛しています』

『もっと叫べ、ソフィア』

『愛してます、愛している、あぁ、愛しているっ』

達するたびに、セガールへの愛を叫び続けた。

『私も愛している――っ』

それだけ言うと、セガールも余裕がなくなったのか、荒い呼吸だけを繰り返しながら、蜜壺を凄まじい勢いで貫いていく。

『ああああ、ああ、あ、ぁ、も、もう……あ、もうっ、だめぇぇぇ』

息が詰まり、全身が硬直した。心臓まで止まってしまうのではないかと錯覚する。

『ああ終わる――出すぞ、ソフィア、あなたの中に――っ』

セガールの腰の動きが加速する。

『あぁください、いっぱい、いっぱい、くださいっ……っ』

息が詰まり意識が真っ白に染まり、四肢が感電したように小刻みに痙攣した。

次の瞬間、悶えるソフィアの身体を力いっぱい抱きしめると、セガールは己の欲望を解放した。

『あ、あぁ、あ、あぁあああぁあっ……っ』

胎内にびゅくびゅくと大量の白濁液が注ぎ込まれる。

『あ、あ、は、あ、ぁ……』

ゆっくりと全身から力が抜け、呼吸が蘇る。

『はぁ、は、はぁっ』

ソフィアは陶然として官能の余韻に浸る。

『はあ――ソフィア』

セガールが大きく息を吐き、恍惚とした表情で見つめてくる。

『素晴らしかったよ――愛している』

『セガール様、私も愛しています』

二人は汗ばんだ身体を折り重ね、互いの肉体の感触をしみじみと味わう。

『もう離さないよ』

セガールが愛おしげに耳元でささやく。

『嬉しい……離さないで……』

ソフィアは随喜の涙を零しながら答えるのだった。


「あ……やっ……あ――！　……」

ソフィアは長く尾を引くような嬌声を上げ、果てた。

「はぁ……は、はぁあ……」

自慰で達してしまった――脳内でセガールと睦み合う妄想に耽りながら。

だが、内壁は咥《くわ》え込んだ指だけでは足りないと言うように、きゅうきゅうと奥へ引き込もうとする。

「セガール様……」

気持ちよかったのに、ひどくうら寂しい気持ちになる。

一人では到底満たされない。

互いに全てを奪い与え合うあの究極の悦びを知ってしまったら、もう戻れない。

「うぅ……」

ソフィアは華奢な肩を小刻みに震わせ、啜り泣いた。

アデールが屋敷を訪れソフィアを皇城に招くのは、その三日後のことである。

あとがき

皆さんこんにちは！　すずね凜《りん》です。

「婚約破棄された没落令嬢　第二皇太子に下げ渡されましたが、蕩けるほどに溺愛されています」（長いっ）は、いかがでしたでしょうか？

電子で大変好評をいただいて待望の紙書籍化ということで、私も感慨ひとしおです。

何年か前の作品なので著者のくせに内容を覚えていなくて、今回、書き下ろしの番外編やSSを書くために、改めて読み直しました。過去の自分の作品を読むって、すごく恥ずかしいものです。でも幸い（？）鳥頭な記憶のおかげで、ほぼ内容を忘れておりまして、新鮮な気持ちで読むことが出来ました。ヒロインの初々しいひたむきさにじんとし、ヒロインの礼儀正しい策士ぶりに感動しました。

鳥頭と言いましたが、私は執筆中にしばしば名称の取り違えをしてしまいます。

なぜか途中で主人公の名前が違ってしまったり、国名や苗字や身分が変わったりしても、気が付かずに書き進めてしまうのです。

こういうミスは校正さんに指摘され、初めて気がつくのです。

自分だけだと思っていたのですが、先だってＳＮＳで他のＴＬ作家さんが、全く同じことをつぶやいていて、けっこうな数の作家さんが同意していて、あっ、私だけではないんだと思いました。
なぜなのだろうか、と考えたのですが。
緻密な推理小説とか歴小説とかと違い、TL小説は感情の流れや話の高揚感が大切なので、書き手も勢いが大事で、とにかく筆の乗るままに書き進めてしまう傾向があるのです。その際、名前とか国名とかはもはや記号同然で、なんならヒロインは「女」ヒーローは「男」で書いていても物語に支障はないのです（あくまで作家の立場で）
私など、一刻も早く盛り上げようとばかり考えているので、いつの間にか名称が間違っていても気が付かないんですね。
ですから、名称の誤記や取り違えが頻発するわけです。
毎回校正さんには多大なるご迷惑をおかけしているなあと、指摘で真っ赤になって戻ってきたゲラ原稿を見て反省するわけであります（でもすぐ忘れる）
ただ、私の場合、濡れ場のシーンにだけはほとんど修正がありません。ここも勢いで書いてはいるのですが、特殊な官能用語だけが飛び交うので、名称のミスが出ないのですね。誇っていいのかどうか、迷います（汗）
さて、今回も編集さんには大変お世話になりました。大好きなお話が紙書籍になるのは、望外の喜びでした。

そしてこのお話は、幸村《ゆきむら》先生の繊細で美麗なイラストおかげで何十倍にもステキになりました。極上のイラストを見るだけで、幸せになります。心からありがとうです。

そして、このお話を読んでくださった読者の皆様に最大級の感謝を!

ぜひまた別のお話でお会いしましょう!

司書の侯爵令嬢は、
公爵令息から
溺愛される
～祝福の花嫁～
Sasame Saki
佐木ささめ
illustration
氷堂れん
社交界が嫌いなウィステリア侯爵令嬢は、皮膚病が原因で結婚を諦め図書館司書として生きる道を選ぶ。遣り甲斐ある司書の仕事に邁進していると、閉架図書を探しに来た公爵令息シリルと出逢う。膨大な書物の位置を記憶するウィステリアの聡明さに惹かれたとシリルから求愛されるが、冗談に違いないと断るウィステリア。シリルは何度も真剣な眼差しで求婚してきて――。甘い愛撫に蕩かされ、純潔を散らされる。
溺れるほどの愛を与えてくる公爵令息と受け入れられない司書の溺愛♡
ロイヤルキス文庫more
Royal Kiss more
大好評発売中

聖なる皇帝がとんだ隠れ絶倫だった件
seinaru koutei ga tonda kakure zetsurin datta ken
Ataka Katsuragi
葛城阿高
illustration
長谷川ゆう
「お願いします、先っちょだけでもいいんです!!」薬師のミアは、あまりの絶倫ぶりに娼館を出禁目前になり土下座する美丈夫・ザイオンと出会う。けれどミアにとっては思わぬ僥倖。彼女は聖女として瘴気を浄化する代わりに性欲を溜め込んでしまう体質なのだ。正体を偽り彼と一夜をともにしてみると…体の相性は最高&噂に違わぬ超絶倫！純情な彼はミアに心を奪われ求婚してくるが、性急すぎると断りセフレ関係だけ結んでいた。しかしそんなある日皇城で再会した彼は、なんと"聖なる皇帝"で⁉
ロイヤルキス文庫more
Royal Kiss more
大好評発売中！

帝都初恋浪漫
～蝶々結び の恋～
蒼磨 奏
illustration 森原八鹿
八重は幼い頃に親同士の約束で、名家の長男であり優秀な軍人・毅の許嫁となった。年の差はあるが大切にしてくれる毅に恋心を抱きながら、彼に相応しい女性になれるよう努力していた。運命の赤い糸が毅に繋がっていると信じて――。しかし、ある夜、八重は火事に遭い身体に火傷を負ったショックで塞ぎこんでしまう。疵物となった自分は嫁ぐ
格を失ったのだと、毅との婚約を解消したいと申し出るが…。甘やかに純潔を散らされ、残酷な焔によって焼けた赤い糸が再び紡がれる、真実の愛。
ロイヤルキス文庫more
大好評発売中

ロイヤルキス文庫 moreをお買い上げいただきありがとうございます。
先生方へのファンレター、ご感想は
ロイヤルキス文庫編集部へお送りください。

〒102-0073　東京都千代田区九段北3-2-5　5F
株式会社Jパブリッシング　ロイヤルキス文庫編集部
「すずね凜先生」係　／　「幸村佳苗先生」係

✦ロイヤルキス文庫HP✦ http://www.j-publishing.co.jp/tullkiss/

Royal Kiss more

婚約破棄された没落令嬢
第二皇太子に下げ渡されましたが、蕩けるほどに溺愛されています

2024年6月30日　初版発行

著　者　すずね凜

発行人　藤居幸嗣

発行所　株式会社Jパブリッシング
〒102-0073　東京都千代田区九段北3-2-5　5F
TEL　03-3288-7907
FAX　03-3288-7880

印刷所　中央精版印刷株式会社

ISBN978-4-86669-681-2　Printed in JAPAN